金瓶梅詞話

萬曆本

十五

第七十一回 李瓶兒何家托夢

聯經出版事業公司 景印版

朱大尉引奏朝儀

新刻金瓶梅詞話卷之八

第七十一回

李瓶兒何千戶家托夢　提刑官引奏朝儀

整時罷鼓膝間琴　間把遺篇閱古今

常嘆賢君務勤儉　深悲庸主事荒臣

治平端自親賢恪　稔亂無能近佞臣

說破興亡多少事　高山流水有知音

話說西門慶同何千戶回來。走到大街。何千戶先差人去回何太監話去了。一面邀請西門慶到家一飯。西門慶再三固辭。何千戶手下把馬嚼拉住說道。學生還有一事與長官商議。于是藍馬相行到宅前下馬。責四同擡盒逕往崔中書家去了。原來何千户盛陳酒筵在家等候進入廳上但見屏開孔雀褥隱芙蓉獸炭焚燒金爐香靄正中獨獨設一席下邊一席相陪傍邊東首又設一席皆盤堆異菓花插金瓶卓椅鮮明幃屏齊整西門慶問道長官今日筵何客何千户道家公公今日下班敢與長官叙一中飯西門慶道長官這等費心盛設待學生就不是同僚之情何千户笑道倒是家公公主意治此粗酌屈尊請教一面看茶吃了西門慶請老公公拜見何千户道家公公便出來不一時何太監從後邊出來穿着綠絨蟒衣冠帽皂靴寶石絛環西門慶展拜四拜請公公受禮何太監不肯說道使不的西門慶道學生與天泉同寅晚輩老公公齒德俱尊又係中貴自然該受禮講了半日何太監受了半禮讓西門慶上面他主

席相陪。何千戶傍坐西門慶道。老公公。這個斷然使不的。同僚
之間。豈可傍坐。老公公叔姪便罷了。學生使不的。何太監大喜
道。大人甚是知禮。罷罷。我閣老位兒傍坐罷。教做官的陪大人
主席。就是了。西門慶道。這等學生坐的也安。于是各叙禮坐下。
何太監道。小的兒們再燒好炭來。今日天氣寒冷些。須臾左右
火池火叉。拿上一包暖閣水磨細炭。向中間四方黃銅火盆内
只一倒。廳前放下油紙暖簾來。日光掩映。十分明亮。何老太監
道。大人請寬了盛服罷。西門慶道。學生裡邊沒穿甚麼衣服。使
小价下處取來。何太監道。不消取去。令左右接了衣服。拿我穿
的飛魚綠絨氅衣來。與大人披上。西門慶笑道。老公公職事之
服。學生何以穿得。何太監道。大人只顧穿。怕怎的。昨日萬歲賜

了我蟒衣。我也不穿他了。就送了大人遮衣服兒罷。不一時。左右取上來。西門慶捏了帶。令玳安接去員領。披上氅衣。作揖謝了。又請何千戶也寬去上盖。陪坐。又拿上一道茶來吃了。何太監道。吽小厮們來。原來家中教了十二名吹打的小厮。兩個師範領着上來磕頭。何太監分付擡出銅鑼銅鼓放在廳前。一面吹打動起樂來。端的聲震雲霄。韻驚魚鳥。然後左右伺候酒筵上坐。何太監親自把盞。西門慶慌道。老公公請尊便。有長官代勞。只安放鍾筯兒就是一般。何太監道。我與大人遞一鍾兒。我家做官的。初入芦葦。不知深淺。望乞大人凡事扶持一二。就是情了。西門慶道。老公公說那裡話。常言同僚三世親。學生亦托賴老公公餘光。豈不同力相助。何太監道。好說好說。共同王事。

彼此扶持。西門慶也沒等他遞酒。只接了杯兒。領到席上。隨卽
回奉一杯。安在何千戶并何太監席上。彼此告揖過。坐下。吹打
畢。三個小廝。連師範在筵前。銀箏象板。三絃琵琶。唱了一套。正
宮端正好
水晶宮。鮫綃帳。光射水晶宮。冷透鮫綃帳。夜深沉。睡不穩龍
牀。離金門私出天街上。正風雪空中降
滚綉毬　似紛紛蝶翅飛。如漫漫柳絮狂。舞氷花。旋風兒飄蕩。
踐玷脚步兒匆忙。將白襴兩袖遮。把烏紗小帽蕩。猛回頭鳳
樓凝望。全不見碧琉璃瓦甃鴛鴦。一霎時。九重殿如銀砌。半
合兒萬里乾坤似玉粧。恰便是粉甸滿封疆
倘秀才　我只見鐵桶般重門閉。我將這銅獸面雙環扣响敲

門的。我是萬歲山前趙大郎。堂中無客伴。燈下看文章。特來
聽講
呆骨朶　衝寒風。冒凍雪。來相望。有些個機密事。緊要商量。怕
怎麽。了事公人免禮。咱招賢宰相。這的鼎鼐三公府。那裡也
剃頭髮唐三藏。這坐席間聽講書。你休來耳邊廂呌點湯
倘秀才　朕不學漢高皇身居未央。朕不學唐天子。停眠在晉
陽。常則是翠被生寒金鳳凰。有心傳說無夢到高唐。這的是
爲君的勾當
滚綉毬　雖然與四海爲一人。必索要正三綱。謹五常。朕的年
廣學鎗棒。恨則恨未曾到孔子門墻。尚書是幾篇。毛詩共幾
章。講禮記始知謙讓。論春秋可鑑興亡。朕待學禹湯文武宗

堯舜卿可及房杜蕭曹立漢唐則要你爕理陰陽

倘秀才　卿道是用論語治朝廷有方却原來這半部運山河在掌聖道如天不可量談經臨絳帳索強如開宴出紅粧聽說罷神清氣爽

滚綉毬　銀臺上華燭明金爐内寶篆香不當煩教老兒自斟佳釀又何須嫂嫂親捧着霞觴卿道是糟糠妻不下堂朕須想貧賤交不可忘常言道表壯不如里壯妻若賢夫免灾殃朕將卿如太甲逢伊尹卿得嫂壯呵恰便是梁鴻配孟光則願你福壽綿長

倘秀才　但歇息呵論前王後王恰合眼慮興邦喪邦因此上曉夜無眠想萬方雖不是歡娛嫌夜短遭難道寂寞恨更長

憂愁事幾庄

滚綉毬　憂則憂當站的身無挂體。憂則憂家無隔宿粮。憂則憂甘貧的晝眠深巷。憂則憂讀書的夜寐寒窓。憂則憂嚎寒妻怨夫啼。憂則憂駕車的。恁時分萬里行商。憂則憂行船的一江風浪。憂則憂饑子呼娘。憂則憂是布衣賢士無活計。憂則憂鐵甲忙披守戰塲。題將來感嘆悲傷

倘秀才　憂的是百姓苦。向御榻心勞意攘。害的是不小可教寡人眠思夢想。太原府劉素拒北方。我只待暫離丹鳳闕親擁碧油幢先取那河東的上黨

滚綉毬　卿道是錢王共李王。劉鋹與孟昶。他每多無仁政着萬民失翼。行霸道百姓遭殃。差何人鎮守西。命何人定兩廣。

取吳越必須名將。下江南直用忠良。要定奪展江山。白玉擎天柱。索用恁極宇宙。黃金駕海梁。仔細端詳

脫布衫　取金陵飛渡長江。到錢塘平定他鄉。西川休辭棧惡。南蠻地莫愁烟瘴

醉太平　陣衝開虎狠。身冑着風霜。用六韜三畧定邊疆。把元戎印掌。則要你人披鐵甲添雄壯。馬摇玉勒難遮當。鞭敲金鐙响叮噹。早班師汴梁

一煞　有那等順天心。達天理。去邪歸正。有踈放。有那等霸王業。抗王師。揚威盡殲亡。休擄掠民財。休傷殘民命。休淫污民妻。休燒毀民房。恤軍馬施仁立法。賞錢粮定賞罰。保城他討逆。招安。沿路上安民挂榜。從賑濟任開倉

尾聲　朕專待正衣冠。尊相貌。就凌烟圖畫你那功臣像。卿幕賓。立金石銘鍾鼎。向青史標題姓字香。能用兵善爲將。有心機有膽量。仰瞻天文筭星象。俯察山川变形狀。决戰方將九地量。晝戰須將旗幟張。夜戰須將火鼓揚。步戰屯雲護軍帳。水戰隨風使帆槳。奇正相生兵最強。仁勇之行勇怎當。耳聽將軍定這廂。坐擬元戎取那廂。飛奏邊庭進表章。齊賀昇平回帝鄉。比及你列土分茅拜卿相。先將你各部下的軍卒。重重的賞

唱了一套下去。酒過數巡。食割兩道。看看天晚。秉上燈來。西門慶喚玳安。拿賞賜與厨役。并吹打各色人役。就要起身。回說學生不當。厚擾一日了。就此告回。那公公那裡肯放。說道我今日

正是下班要與大人請教。有甚大酒席。只是清坐而已。教大人
受餓。西門慶道。承老公公賜這等太美饌。如何反言受餓。學生
回去歇息歇息。明早還與天泉。叅謁叅謁兵科。好領劄付挂號。
何太監道。既是如此。大人何必又回下處。就在我這裡歇了罷。
明日好與我家做官的幹事。敢問如今下處在那裡。西門慶道。
學生就暫借敝同僚。夏龍溪。令親。崔中書宅中。權寓。行李都在
那邊。何太監道。這等也不難。大人何不令人把行李搬過來。我
家任兩日何如。我這後園兒裡有幾間小房兒。甚是僻淨。就早
晚和做官的理會些公事兒也方便些兒。強如在人家。這個就
是一家。西門慶道。在這裡也罷了。只是使夏公見怪的。學生疏
他一般。何太監道。沒的說。如今時年早辰不做官。晚夕不唱喏。

衙門是恁偶戲衙門。雖故當初與他同僚。今日前官已去。後官接管承行。與他就無干。怎生這等說他。就是個不知道理的人了。今日我定然要和大人坐一夜。不放大人去。喚左右下邊房裡快放卓兒。管待你西老爹大官兒飯酒。我家差幾個人跟他即時把行李都搬來了。分付打發後花園西院乾淨。預備鋪陳炕中籠下炭火。堂上一呼。堦下百諾。答應下去了。西門慶道。老公公盛情。只是學生得罪了。何太監道。沒的扯淡哩。他既出了衙門。不在其位。不謀其政。他管他那裡鹵簿庫的事。管不的咱提刑所的事了。難怪于你。不由分說就打發玳安并馬上人吃了酒飯。差了幾名軍牢。各拿繩扛。逕往崔中書家。搬取行李去了。何太監道。又一件相煩大人。我家做官的。若是到任所。還望大人那裡替他看所宅舍兒然後好搬取家小今先教他同夫人去待壽下宅子然後打發家小起身也不多連幾房家人也有二三十口西門慶道天泉去了老公公這宅子誰人看守何太監道我兩個名下官兒第二個姪兒何永福見在庄子上叫他來住了罷西門慶道老公公分付要看多少銀子宅舍何太監道也得千金出外銀子的房兒纔勾住西門慶道敝同僚夏龍溪他京任不去了他一所房子倒要打發老公公何不要了與天泉住一舉兩得其便甚好門面七間到底五層儀門進去大廳兩邊廂房鹿角頂後邊住房花亭周圍群房也有許多街道又寬濶只好天泉住何太監道他要許多價值兒西門慶道他對我說來原是一千三百兩又後邊添蓋了一層半房收拾

了一處花亭。老公公若要。隨公公與他多少罷了。何太監道我
乃托大人。隨大人主張就是了。趂今日我在家。差個人和他說
去。討他那原文書我瞧瞧。難得尋下這房舍兒。我家做官的去
到那里就有個歸着了。不一時只見玳安同衆人搬了行李來
回話。西門慶問賁四黃經來了不曾。玳安道黃經同押了衣箱
行李先來了。還有轎子又叫賁四在那裡看守着。西門慶因附
耳低言。如此如此。這般這般。分付拿我帖兒。上覆夏老爹。借過
那裡房子的原契來與何公公要瞧瞧。就同賁四一答兒來。這
玳安應的去了。不一時賁四青衣小帽。同玳安前來。拿文書回
西慶說。夏老爹多上覆。既是何公公要。怎好說價錢。原文書都
拿的來了。又收拾添盖使費了許多。隨爹主張了罷。西門慶把

原契遞與何太監親看了一遍見上面寫着一千二百兩說道這房兒想必也住了幾年裡面未免有些糟爛也别要說收拾大人面上我家做官的既治產業還與他原價那賁四連忙跪下說何爺說的自古使的憨錢治的莊田千年房舍換百主一番拆洗一番新把這何太監聽了喜歡的要不的便道你是那裡的此人倒會說話兒常言成大者不惜小費其實說的是他叫甚麼名字西門慶道此是舍下夥計名喚賁四何太監道也罷沒個中人你就做個中人兒替我討了文契來今日是個上官好日期就把銀子兌與他罷西門慶道如今晚了待的明日也罷了何太監道到五更我早進去明日大朝今日不如先交與他銀子就了事而已西門慶問道明日甚時駕出何太監道

午時駕出到壇。三更鼓祭了。寅正一刻就回到宮裡擺了膳。就出來設朝歷大殿。又朝賀天下諸司都上表拜冬。次日文武百官吃慶成宴。你每是外任官。大朝引奏過。就沒你每事了。說畢。何太監分付何千戶進後邊。連忙打點出二十四定大元寶來。用食盒擡着。差了兩個家人同賁四玳安押送。到崔中書家交割。夏公見擡了銀子來。滿心歡喜。隨即親手寫了文契。付與賁四等。拿來遞與何太監。不勝歡喜。賞了賁四十兩銀子。玳安王經每人三兩。西門慶道。小孩子家不當與他。何太監道。胡亂與他買嘴兒吃。三人磕了頭謝了。何太監分付管待酒飯。又向西門慶唱了兩個喏。全於大人餘光。西門慶道。豈有此理。還是看老公公金面。何大監道。還望大人對他說說。早把房兒騰出來。

這裡好打發家小起身。西門慶道學生已定與他說。教他早騰。
何長官這一去。且在衙門公廨中權住幾日。待他家小搬取京
收拾了這裡。長官家小起是不遲。何太監道。收拾直待過年罷
了。先打發家小去纔好。十分在衙門中也不方便。說話之間。已
有二更天氣。說道老公公請安置罷。學生亦不勝酒力了。何太
監方作辭。歸後邊暖房內請歇去了。何千戶教家樂彈唱。還與
西門慶投壺吃了一回。方纔起身。歸至後園。正北三間書院。四
面都是粉墻臺柳湖山。盆景花木。房內絳燭高燒。叠席牀帳。錦
幔倭金屏護。琴書几席清幽。翠簾低挂。鋪陳整齊。爐上茶煑寶
瓶。篆內香焚麝餅。何千戶又陪西門慶敘話。良久小童看茶吃
了。方道安置。起身歸後邊去了。西門慶向了回火。方纔摘去冠

帽。解衣就寢。黃經玳安打發脫了靴襪。合了燈燭。自往下邊暖
炕被褥歇去了。這西門慶有酒的人。睡在枕畔。見都是綾錦被
褥。貂鼠綉帳火箱。泥金暖閣牀。在被窩裡見滿窗月色。番來覆
去睡不着。良久只聞夜漏沉沉。花陰寂寂。寒風吹得那窗紙有
聲。况離家已久。欲待要呼王經進來陪他睡。忽然聽得窗外有
婦人語聲甚低。即披衣下牀。靸着鞋襪。悄悄啟戶視之。只見李
瓶兒。霧鬢雲鬟。淡粧麗雅。素白舊衫。籠雪體。淡黃軟襪襯弓
鞋。輕移蓮步。立于月下。西門慶一見。挽之入室。相抱而哭。說道
冤家。你如何在這裡。李瓶兒道。奴尋訪至此。對你說。我已尋了
房兒了。今特來見你一面。早晚便搬取也。西門慶忙問道。你房
兒在于何處。李瓶兒道。咫尺不遠。出此大街。迤東造釜巷中間

便是言訖西門慶共他相偎相抱上牀雲雨不勝美快之極已
而整衣扶髻徘徊不捨李瓶兒叮嚀囑付西門慶我的哥哥切
記休貪夜飲早早回家那廝不時伺害于你千萬勿忘言是必
記于心者言訖撒手而別挽西門慶相送到家走出大街見月
色如晝果然往東轉過牌坊到一小巷旋踵見一座雙扇白板
門指道此奴之家也言畢頓袖而入西門慶急向前拉之恍然
驚覺乃是南柯一夢但見月影橫窻花枝倒影矣西門慶向褥
底摸了摸見精流滿席餘香在被殘唾猶甜追悼莫及悲不自
勝正是世間好物不堅牢彩雲易散琉璃脆有詩為証

玉宇微茫霜滿襟　疎窻淡月夢魂驚
淒涼睡到無聊處　恨殺寒鷄不肯鳴

西門慶番來覆去盼鷄叫。巴不得天亮。比及天亮又睡着了。次日清辰。何千户家童僕起來。伺候拿洗面湯手巾。王經玳安打發西門慶梳洗畢。何千户又早出來陪侍吃了姜茶。放卓兒請吃粥。西門慶問老公怎的不見。何千户道。家公公從五更鼓進内去了。須臾拿上粥。圍着火盆。四碟齊整小菜。四大碗熬爛下飯。吃了粥。又拿上一盏肉員子。餛飩鷄蛋頭腦湯。金匙銀廂雕漆茶鍾。一面吃着。分付出來伺候備馬。何千户與西門慶冠冕。僕從跟隨。早進内參見兵科出來。何千户便分路來家。西門慶又到相國寺拜智雲長老。長老又留擺齋。西門慶只吃了一個點心。餘者收下來。與手下人吃了。玳安氈包内拿着金段。從東街穿過來。要往崔中書家拜夏龍溪去。因從造府巷所過。中間果見有雙扇白板門。與夢中所見一般。悄悄使玳安問隔壁賣豆腐老姬。此家姓甚名誰。老姬答道。乃袁指揮家也。西門慶于是不勝嘆異。到了崔中書家。夏公纔出馬拜人去。見西門慶到。令左右把馬牽過。邀西門慶至廳上拜揖叙禮。西門慶令玳安拿上賀禮。青織金綾紵一端。色段一端。夏公道。學生還不曾拜賀長官。到承長官先賜。昨者小房又煩費心。感謝不盡。西門慶道。何太監央學生看房一節。我因堂尊分付。就說此房來何公到。好就估着要學生無不作成。討了房契去看了。一口就還了原價。是內臣性兒。立馬盖橋就成了。還是堂尊大福。說畢呵呵笑了。夏公道。何天泉我也還未回拜他。因問他此去與長官同行罷了。西門慶道。他已會定同學生一路去。家小還且待後。

昨日他老公公多致意。煩堂尊早些把房兒騰出來。搬取家眷。他如今且權在衙門裡住幾日罷了。夏公道。學生也不肯久稽。待這裡尋了房兒。就使人搬取家小。也只待出月罷了。說畢。西門慶起身。又留了個拜帖與崔中書。夏公便道。要留長官坐坐。爭奈在于客中。彼此情諒。送出上馬。歸至何千戶家。何千戶又早伺候午飯等候。西門慶悉把拜夏公之事。說了一遍。騰房已在出月。搬取家小。何千戶大喜。謝道。足見長官盛情。吃畢飯。二人正在廳上着棋。忽左右來報。府裡翟爹那裡差人送下程來了。抓尋到崔老爹那裡。崔老爹使他來這裡來了。于是拿帖來宛紅帖兒上。寫着謹具金段一端。雲紵一端。鮮猪一口。北羊一腔。內酒二罈。點心二盒。眷生翟謙頓首拜。西門慶見來人說道又蒙翟大爹費心。一面收了禮物。寫回帖賞來人二兩銀子。擡盒人五錢。說道客中不便。有褻管家。那人連忙接了。說道小的不敢領。西門慶道。將就買杯酒吃便了。那人方纔磕頭收了。王經在傍插口。悄悄說小的姐姐說。教我府裡去看看愛姐。有物事稍與他。西門慶問甚物事。王經道。是家中做的兩雙鞋腳手。西門慶道。单单兒怎好拿去。分付玳安。我皮箱內有稍帶的玫瑰花餅。取兩罐兒用小描金盒兒盛着。就把回帖付與王經穿上青衣。教他同跟了往府裡看愛姐不題。這西門慶寫了帖兒。差了一腔羊。一罈酒。謝了崔中書。把那一口猪。一罈酒。兩盒點心。擡到後邊孝順老公公。在此多有打攪。慌的何千戶就來拜謝。說道長官。你我一家。如何這等計較。且說王經到府內。請出韓愛姐外廳拜見了。打扮如瓊林玉樹一般。比在家出落自是不同。長大了好些。管待了酒飯。因見王經身上穿的单薄。與了一件天青紵絲。貂鼠氅衣兒。又與了五兩銀子。拿來回覆西門慶話。西門慶大喜。正與何千戶下棋。忽聞綽道之聲。門上人來報夏老爹來拜。拿了兩個拜帖兒。忙的兩個整衣冠。迎接到廳叙禮。何千戶又謝昨日房子之事。夏提刑具了兩分段帕酒禮。奉賀二公。西門慶與何千戶。再三致謝。令左右收了。又賞了賁四玳安王經十兩銀子。一面分賔主坐下。茶罷。共叙寒温。夏公道請老公公拜見。何千戶道。家公公進内去了。夏公又留下了一個雙紅拜帖兒。說道多頂上老公公。拜遲恕罪。言畢。辭了起身去了。何千戶隨即也具一分賀禮。一疋金段。差人送去。不在言表到晚夕。何千戶又在花園暖閣中擺酒。與西門慶共酌。夜飲家樂歌唱。到二更方寢西門慶因其夜裡夢遺之事。晚夕令王經拿鋪蓋來。書房地平上睡。半夜叫上牀。脫的精赤條。摟在被窩内。兩個口吐丁香。舌融甜唾。正是。不能得與鴬鴬會。且把紅娘去解饞。一晚題過。到次日起五更。與何千戶一行人跟隨進朝。先到待漏院候時。等的開了東華門進入。但見

星斗依稀禁漏殘　禁中環珮響珊珊
花迎劍戟星初落　柳拂旌旗露未乾
瑞靄光中瞻萬歲　祥烟影裡擁千官
欲知今日天顔喜　遥覩蓬萊紫氣蟠

少頃只聽。九重門啟。鳴噦噦之鸞聲。閶闔天開。覩巍巍之袞裳。

重熙累洽之日。致履端嘉慶之時。當時天子祀畢南郊回來。文武百官。聚集于宮省等候設朝。須臾鍾响罷。天子駕出宮。陞崇政大殿。受百官朝賀。須臾香毬撥轉。簾捲扇開。怎見的。當日朝儀整肅。但見

皇風清穆。温温靄靄氣氤氳。麗日當空。郁郁蒸蒸雲靉靆。微微隱隱。龍樓鳳閣。散滿天香靄。霏霏拂拂。珠宮寶殿映萬縷朝霞。大慶殿。崇慶殿。文德殿。集賢殿。燦燦爛爛。金碧交輝。乾明宮。神寧宮。昭陽宮。合璧宮。清寧宮。光光彩彩。丹青炳爍。蒼蒼涼涼。日影着玉砌雕欄。裊裊嬰嬰。霧鎖着金椽畫棟。紫扉黃閣。寶曷拆內。縹縹緲緲。沉檀香爇。丹堦墀。玉砌臺。明明朗朗畫燭高焚。龍龍裊裊。報天敲。擂疊三通。鑑鑑鍧鍧。長樂鐘撞

一百八下。枝枝楂楂。叉刀手互相磕撞。挨挨曳曳。龍虎旂來
往盤旋。錦衣花帽擎着的。是圓盖傘方盖傘上上下下。開展
卽龍蟠。駕着的。是金輅輦玉輅輦。左左右右相陣。又見那立
金瓜。臥金瓜。三三兩兩雙龍扇。平龍扇。叠叠重重群群隊隊。
金鞍馬。玉轡馬。性貌馴習雙雙對對。寶匣象駕轅象猛力猙
獰。鎮殿將軍。一個個長長大大賽天神。甲披金葉侍朝勳衛
一人齊齊整整如地煞。刀繫綉春嚴嚴肅肅。殿門內擺列着。
糾儀御史。人人豸冠森聳秉簡當胸。端端正正。姜擦邊。立站
定衆官員。個個錦衣炳煥。宣聽旨。金殿參參差差齊開寶扇
畫棟前。輕輕款款高捲珠簾文樓上嘐嘐噦噦報時鷄人三
唱。玉階前。刺刺刮刮。肅靜鞭响三聲齊齊整整列簪纓有五

等之爵。巍巍蕩蕩。坐龍牀倚綉褥瞳萬乘之尊。遠遠望見頭戴十二旒。平頂冠。穿赭黃袞龍袍。腰繫藍田玉帶。脚鞁烏油舄履。手執金廂白玉圭。背靠九雷龍鳳扆。正是

晴日明開青鎖闥　天風吹下御爐香

千條瑞靄浮金闕　一朶紅雲捧玉皇

這帝皇果生得堯眉舜目。禹背湯肩。若說這個官家。才俊過人。口工詩韻。目類群羊。善寫墨君竹。能揮薛稷書。道三教之書。曉九流之典。朝歡暮樂。依稀似劍閣孟商王。愛色貪盃。彷彿如金陵陳後主。從十八歲登基聊位。二十五年。倒改了五遭年號。先改建中靖國。後改崇建。改大觀。改正和。

當下駕坐寶位。靜鞭响罷。文武百官。九卿四相。秉簡當胸。向丹

墀五拜三叩頭禮。進上表章。已有殿頭官。自穿紫窄衫。腰繫金㕡帶。步着金堦。口傳聖勑。道朕今即位二十禩于茲矣。專獄告成。上天降瑞。今値履端之慶。與卿共之。言未畢。班首中閃過一員大臣來。朝靴踏地响。袍袖列風生。官不知多大。玉帶顯功名。視之。乃左丞相崇政殿大學士兼吏部尚書太師魯國公蔡京也。樸頭象簡。俯伏金堦。叩首。口稱萬歲萬歲萬萬歲。臣等誠惶誠恐。稽首頓首。恭惟皇上。御極二十禩以來。海宇清寧。天下豐稔。上天降鑒。禎禩疊見。日重輪。星重輝。海重潤。聖上握乾符。永享萬年之正統。天保定。地保寧。人保安。皇圖膺寳曆。益增永壽之無疆。三邊永息于兵戈。萬國來朝于天闕。銀岳排空。玉京挺秀。寳籙膺頒于昊闕。絳霄深聳于乾宮。臣等何幸。欣逢盛世。交際明良。示效華封之祝。常沾日月之光。不勝瞻天仰聖。激切屏營之至。謹獻頌以聞。良久。聖旨下來。賢卿獻頌。盖見忠誠。朕心加悅。詔改明年。爲宣和元年。正月元旦。受定命寶。肆赦覃賞。有差。蔡太師承旨下來。殿頭官口傳聖旨。有事出班早奏。無事捲簾退朝。言未畢。見一人出離班部。倒笏躬身。緋袍象簡。玉帶金魚。跪在金堦。口稱光祿大夫。掌金吾衛事。太尉太保。兼太子太保臣朱。引天下提刑官員事。後面跪的。兩淮兩浙。山東山西。河南河北。關東關西。福建廣南。四川等處。刑獄千戶章隆等。二十六員。例該考察。已更陞補。繳換劄。何合當引奏。未敢擅便。請旨定奪。聖旨傳下來。照例給領。朱太尉承旨下來。天子龍袍一展。群臣皆散。駕即回宮。百官皆從端禮門。兩分而出。那十二象。不待牽而先走。鎮將長隨。紛紛而散。只聽甲响。又刀力士。團子紅軍。盡盡而出。惟見戈明。朝門外。車馬縱橫。侍仗羅列。人喧呼海沸波翻。馬嘶喊。山崩地裂。衆提刑官皆出朝上馬。都來本衙門伺候。鐵桶相似。良久只見知印騎來。拿了印牌來傳道。老爺不進衙門了。轎見巳在西華門裡安放。如今要往蔡爺李爺宅內拜冬去了。以此衆官都散了。西門慶與何千戶回到家中。又過了一夕。到次日。衙門中領了劄付。同衆科中掛了號。打點殘裝。收拾行李。與何千戶一同起身。何太監晚夕置酒餞行。囑付何千戶。凡事請教西門大人。休要自專。差了禮數。從十一月十一日。東京起身。兩家也有二十人跟隨。竟往山東大道而來。巳是數九嚴寒之際。點水滴凍之時。一路上見了些荒郊野路。枯木寒

鴉。踈林淡日影斜暉。暮雪凍雲迷晚渡。一山未盡一山來。後村
已過前材望。比及到過黃河到水関。八角鎮驟然撞遇。天起一
陣大風。但見
非干虎嘯。豈是龍吟。卒律律寒颷撲面。急颼颼冷氣侵人。旣
不能卸柳。暗藏着水妖山怪。初時節無踪無影。次後來捲霧
收雲。驚得那。綠楊堤鷗鳥雙飛。紅蓼岸鷺鶿並起。則見那入
紗窓。撲銀燈。穿畫閣。透羅裳。亂舞飄吹。花擺柳。昏慘慘。走石
揚砂。白茫茫。刮得那大樹連聲吼。刷吼刷。驚得那孤雁落深
濠。須臾砂石打地。塵土遮天。砂石打地。猶如滿天驟雨卽時
來。塵土遮天。好相似百萬貔貅捲土至。赶趨得。材落漁翁罷
鈎。捲鈎綸疾走回家。山中樵子魂驚。棄奔栖忙謊得那山中

虎豹縮着頭。隱着足。潛藏深壑。刮得那海底蛟拳着爪。蟠着尾難顯猙獰。刮多時只見那房上瓦飛似燕。吹良久。山中走石如飛。瓦飛似燕。打得客旅逃踪失道。石走怒千。諕得那商船緊纜收帆。大樹連根拔起。小樹有條無稍。這風大不大。真個是吹折地獄門前。刮起酆都頂上塵。嫦娥急把蟾宮閉。列子空中叫救人。險些兒玉皇住不的崑崙頂。只刮的大地乾坤上下搖。

西門慶與何千戶。坐着兩頂毡幃暖轎。被風刮得寸步難行。又見天色漸晚。恐深林中撞出小人來。對西門慶說。投奔前村安歇一夜。明日風住再行。抓尋了半日。遠遠望見路傍一座古刹。數株疎柳。半堵横墻。但見

石砌碑橫夢草遮　廻廊古殿半欹斜
夜深宿客無燈火　月落安禪更可嗟

西門慶與何千戶入寺中投宿。見題着黃龍寺。見方丈内幾個僧人。在那裡坐禪。又無燈火。房舍都毀壞。半用籬遮。長老出來問訊。旋炊火煮茶。伐草根喂馬。煮出來。西門慶行囊中。帶得乾雞臘肉菓餅棋子之類。晚夕與何千戶。胡亂食得一頓。長老變一鍋豆粥吃了。過得一宿。次日風止。天氣始晴。與了老和尚一兩銀子相謝。作辭起身往山東來。正是

王事驅馳豈憚勞　關山迢遞赴京朝
夜投古寺無烟火　解使行人心内焦

畢竟未知後來如何且聽下回分解

第七十二回　潘金蓮毆打如意兒

王三官義拜西門慶

第七十二回

王三官拜西門爲義父　應伯爵替李銘釋寃

寒暑相推春復秋　他鄉故國兩悠悠
淸淸行李風霜苦　蹇蹇王臣涕淚流
風波浪裡任浮沉　逢花遇酒且寬愁
蝸名蠅利何時盡　幾向青童笑白頭

話說西門慶與何千戶在路不題。單表吳月娘在家，因前者西門慶上東京，在金蓮房飲酒，被妳子如意兒看見西門慶來家，反受其殃，架了月娘一篇是非，合了那氣，以此這遭西門慶不在，月娘通不招應，就是他哥嫂來看也不留，即就打發分付平安：無事關好大門，後邊儀門夜夜上鎖，姊妹每都不出了，各自

在房做針指。若經濟要往後樓上尋衣裳。月娘必使春紅或來
安兒。跟出跟入。常時查門户。凡事多嚴緊了。這潘金蓮因此不
得和經濟勾搭。只賴奶子如意兒備了舌。在月娘處逐日只和
如意兒合氣。一日月娘。打點出西門慶許多衣服汗衫小衣。教
如意兒做。又教他同韓嫂兒槳洗。就在李瓶兒那邊曬晾。不想
金蓮這邊。春梅也洗衣裳搥裙子。問他借棒搥。這如意兒正與
迎春搥衣。不與他。說道前日你拿了。把个棒搥使秋菊使着罷
了。又來要。趂韓嫂在這裡。替爹搥褲子和汗衫兒哩。那秋菊使
性子。次烈的走來對春梅說。平白教我借。他又不與。迎春倒說
拿去。如意兒攔住了不肯。春梅便道。耶嚛耶嚛。這怎的這等生
分。大白日裡借不出個乾燈盞來。娘不肯還要教我洗裹脚。我

漿了這黃絹裙子問人家借棒槌使使兒還不肯與將來替娘洗了拿什麼槌教秋菊你往後邊問他毎借來使使罷這潘金蓮正在房中炕上裹腳忽然聽見便問怎麼的這春梅便把借棒槌如意兒不與來一節說了只這婦人因懷着舊時仇恨尋了不着這個由頭兒便罵道賊淫婦怎的不與他是丫頭你自家問他要去不與罵那淫婦不妨事這春梅還是年壯一冲性了不由的激犯一陣風走來李瓶兒那邊說道那個是世人也怎的要棒槌兒使使不與他如今這屋裡又鑽出個當家人來了如意兒道耶嚛耶嚛這里放着棒槌拿去使不是誰在這里把住就怒說起來大娘分付趂韓媽在這里替爹漿出這汗衫子和綿紬褲子來等着又拙出來要槌秋菊來要我說待我把

你爹這衣服撾兩下兒作拿上使去就架上許多誆說不與來
早是迎春姐這里聽着不想潘金蓮隨即就跟了來便罵道你
這個老婆不要說嘴死了你家主子如今這屋裡就是你你爹
身上衣服不着你恁個人兒拴束誰應的上他那心俺這些老
婆死絕了教兒替他漿洗衣服你死拿這個法兒降伏俺每我
好耐驚耐怕兒如意兒道五娘怎的這說話大娘不分付俺每
好意掉攬替爹整理也怎的金蓮道賊搥刺骨雌漢的淫婦還
強說什麼嘴半夜替爹遞茶兒扶被兒是誰來討披袄兒穿是
誰來你背地幹的那繭兒你說我不知道偷就偷出肚子來我
也不怕如意道正景有孩子還死了哩俺每到的那些兒這金
蓮不聽便罷聽了心頭火起粉面通紅走向前一把手把老婆

頭髮扯住只用手摳他腹這金蓮就被韓嫂兒向前勸開了罵道沒廉耻的淫婦嘲漢的淫婦俺每這里還閙的聲喚你來雌漢子合你在這屋里是什麽人兒你就是來旺兒媳婦子從新又出世來了我也不怕你那如意兒一壁哭着一壁挽頭髮說道俺每後來也不知什麽來旺兒媳婦子只知在爹家做奶子金蓮道你做奶子行你那奶子的事怎的在屋裡狐假虎威起精兒來老娘成年拿雁教你弄鬼兒去了正罵着只見孟玉樓後後慢慢的走將來說道六姐我請你後邊下棋你怎的不去卻在這里亂些什麽一把手拉進到他房中坐下說道你告我說因爲什麽起來這金蓮消了回氣春梅遞上茶來呵了些茶便道你看教這賊淫婦氣的我手也冷了茶也拿不起來說道

我在屋裡正描鞋你使小鸞來請我我說且倘倘兒去撻在牀上還未曬去着也見這小肉兒百忙且搥裙子我說你就帶着把我的褁脚搥搥出來半日只聽的亂起來教秋菊問他要棒搥使使他不與把棒搥匹手奪下了說道前日拿了個去不見了又來要如今緊等着與爹搥衣服後有教我心裡就惱起來使了春梅你去罵那賊淫婦從幾時就這等大膽降伏人俺每手裡教你降伏你是這屋裡什麽兒押折橋竿兒要你來你比來旺兒媳婦子差些兒我就隨跟了去他還嘴裡硶裡剌剌的教我一頓捲罵不是韓嫂兒死氣日賴在中間拉着我我把賊沒廉耻雌漢的淫婦口裡肉也掏出他的來要俺每在這屋裡點韮買葱教這淫婦在俺每手裡弄鬼兒也沒鬼大姐姐那些

兒不是他想着把死的来旺兒賊奴才淫婦慣的有些摺兒教我和他為冤結仇落後一染膿帶還埰有我身上說是我弄出那奴才去了。如今這個老婆。又是這般慣他。慣的恁没張倒置的你做奶子。行奶子的事。許你在跟前花黎胡哨俺每眼裡是放的下砂子底人。有那没廉耻的貨。人也不知死的那里去了。還在那屋裡纏。但往那里回來。就望着他那影作個揖。口裡一似嚼蛆的。不知說的什麼。到晚夕要吃茶。淫婦就起來連忙替他送茶。又忔忽兒替他蓋被兒。兩個就弄將起來。就是了久慣的淫婦。他說丫頭遞茶。許你去撑頭獲腦去雌漢子。是什麼。問他要披袄兒。没廉耻他便連忙鋪子拿了細段來。替他裁披袄兒你還没見哩。斷七那日學他爹。爹就進屋裡燒紙去。見丫頭老婆正在炕上坐。看攝子兒他進來收不及反說道姐兒你每耍耍要供養的匾盒和酒也不要收到後邊去。你每吃了罷這等縱容看他謝的什麼。這淫婦請說爹來不來俺每不等你了。不想我兩步三步就扠進去。說的他眼張失道。于是就不言語了。行貨子什麼好老婆。一個賊活人妻淫婦這等你餓眼見瓜皮不管了好歹的。你收攬答下。原來是一個眼裡火爛桃行貨子。想有些什麼好正條兒。那淫婦的漢子說死了。前日漢子抱着孩子。沒在門首打探兒。還是瞞着人搗鬼張眼兒溜睛的。你看一向在人眼前。花哨星那樣花哨。就別摸兒改樣的。你看又是個李瓶兒出世了。那大姐姐成日在後邊只推聾兒裝啞的。人但開口就說不是了。那玉樓聽了只是笑。金蓮道南京沈萬三北京枯柳樹人的名兒樹的影兒怎麼不餅的雪裡消死屍自然消他出來。玉樓道原說這老婆沒漢子。如何又鑽出漢子來了金蓮道天不着風兒晴不的人不着謊兒成不的他不整攏瞞着你家肯要他想着一來時餓答的個臉黃皮兒寡瘦的乞乞縮縮那等腔兒看你賊淫婦吃了這二年飽飯就生事兒起漢子來了你如今不禁下他來到明日又教他上頭腦上臉的一時桶出個孩子當誰的玉樓笑道你這六丫頭倒且是有權屬說畢坐了一回兩個往後邊下棋去了正是三光有影遺誰繫萬事無根只自生有詩爲證。

一掬陽和動物華　深紅淺綠總萌芽
野梅亦足供清玩　何必辛夷樹上花

話休饒舌有日後晌時分西門慶來到清河縣分付賁四王經
跟行李先往家去他便送何千户到衙門中看着收拾打掃公
廨乾淨輕下他便騎馬來家進入後廳吳月娘接着拂去塵土
舀水淨面畢就令丫鬟院子內放卓兒滿爐焚香對天地位下
告許願心月娘便問你爲什麽許願心西門慶道且休說我性
命來家往回路上之事告說一遍昨日十一月二十三日剛過
黄河行到沂水縣八角鎮上遭遇大風那風那等兇惡沙石迷
目通不放前進天色又晚百里不見人衆人多慌了况十個裝
馱垛又多誠恐鑽出個賊怎了前行投到古寺中和尚又窮夜
晚連灯火沒個兒各人隨身帶着些乾粮麵食借了灯火來熬
了些豆粥人各吃一頓砍了些柴新艸根喂了馬我便與何千

户在一個禪炕上抵足一宿。次日風住了，方纔起身。這場苦，比前日還更苦十分。前日雖是熱天，還好些，這遭又是寒冷天氣，又耽許多懼怕。幸得平地還罷了，若在黃河遭此風浪，怎了。我頭行路上，許了些願心，到臘月初一日，宰猪羊，祭賽天地。月娘又問：你頭裡怎不來家，卻往衙門裡做甚麼？西門慶道：夏龍溪已陞做指揮直駕，不得來了。新陞將作監何太監姪兒何千户，名永壽，貼刑，不上二十歲，揑出水兒來的一個小後生，任事兒不知道。他太監再三央及我，凡事看顧教道他。我不進到衙門裡安頓他個住處，他知道什麼。他如今一千二百兩銀子，也是我作成他，要了夏龍溪那房子，如今且教他在衙門裡住着，待夏大官人搬取了家小。他的家眷纔搬來，昨日夏大人甚是不顧

意。在京不知什麼人走了風，投到俺每去京中，他又早使了錢
知多少銀子，尋了當朝林眞人分上，對堂上朱大尉說，情願以
指揮職啣耳要提刑三年。朱大尉來對老爺說，把老爺難的要
不的。若不是翟親家在中間竭力維持，把我撐在空地裡去了。
去時親家好不怪我，說我幹事不謹密。不知他什麼人對他說
來。月娘道：不信我說，你做事有些三慌子。火燎腿樣，有不的些三
事兒，詐不實的告這個說一湯，那個說一湯，恰似逞強賣富的。
正是有心筭無心，不備怎隄備。頭見你幹人家曉的不耐煩了。
人家悄悄幹的事兒，停停脫脫，你還不知道哩。西門慶又說：夏
大人臨來，再三央我，早晚看顧看顧他家裡。容日你買分禮兒
走走去。月娘道：他娘子出月初二日生日，就一事兒喜歡說你

今後把這狂樣來改了。常言道逢人且說三分話。未可全拋一片心。老婆還有個裡外心兒休說世人。正說。只見玳安來說賁四問爹要往夏大人家。說着去不去。西門慶道你教他吃了飯去。玳安道。他說不吃罷。李嬌兒孟玉樓潘金蓮孫雪娥大姐多來參見道萬福問話兒陪坐的。西門慶又想起前番往東京回家還有李瓶兒在今日卻沒他了。一面走到他前邊房內與他靈牀作揖因落了幾點眼淚。如意兒迎春綉春多來向前磕頭。月娘隨即使小玉請在後邊擺飯吃了。一面分付討出四兩銀子。賞跟隨小馬兒上的人拿帖兒回謝周守備了去。又教來興兒宰了半口猪半腔羊。四十斤白面。一包白米。一壜酒。兩腿火燻兩隻鵝。十隻雞。柴炭兒。又并許多油鹽醋之類與何千户送下程。又叫了一名厨役在。那里答應。正在廳上打點。差玳安送去。忽琴童兒進來說道温師父和應二爹來望。西門慶連忙道有請。温秀才穿着綠叚道袍。伯爵是紫絨袄子。從前進來。參見西門慶連連作揖道。其風霜辛苦。西門慶亦道。蒙二公早晚看家。伯爵道我又看家裡。我早起來時。忽聽房上喜鵲喳喳的叫。俺房下就先說。只怕大官人來家了。你還不走的瞧瞧去。我便說。哥從十二日起身。到今還得上半月期。怎的來得快。我三日一遍在。那里問。還沒見來的信息。房下說。來不來。你看看去。教我穿衣裳到宅裡。不想說哥來家了。走到對過會温老先兒。不想温老師也纔穿衣裳。說我就同老翁一答兒過去罷。因問了今東京路上的人。又見許多下飯酒米裝在廳檯上。出來擺放。

便問道誰家的西門慶道新同僚何大人如此同來家小還未到且在衙門中權住迭分下程與他又發柬明日請他來家坐了吃接風酒再沒人請二位與大哥奉陪伯爵道又一件吳大舅與哥是官溫老先生戴着方巾我一個小帽兒怎陪得他坐不知把我當甚麼人兒看我惹他不笑話西門慶笑道這等把我買的段子忠靖巾借與你戴着等他問你只說道我的大兒子好不好說畢衆人笑了伯爵道說正景話我頭八寸三又戴不的你的溫秀才道學生也是八寸二分倒將學生方巾與老翁戴戴何如西門慶道老先生不要借與他他到明日說慣了往禮部當官身去又來纏你溫秀才笑道好說老先生兒好說連我扯下水去了家拿上茶來吃了溫秀才問夏公巳是京任不

來了。西門慶道他已做了堂尊了。直掌鹵簿大鳴穿麟服。使藤
棍。如此華任。又來做什麼。須臾看寫了帖子兒檯下程出門教
玳安送去了。西門慶拉溫秀才伯爵廂房內暖炕上籠了火那
里坐。又使琴童先往院里吽吳惠鄭春。邵奉左順。四名小優兒。
明日早來伺候。不一時。放卓兒陪二人吃酒。來安兒拿上案來
擺下。西門慶分付再取雙鍾筯兒。請你姐夫來坐坐。良久。陳經
濟走來作揖。打橫坐下。四人圍爐共坐。把酒來斟因說回東京
一路上的話。伯爵道哥你的心好。一福能壓百禍。就有小人一時
自然多消散了。溫秀才道。善人為邦百年。亦可以勝殘去殺。休
道老先生為王事驅馳。上天也不肯有傷善類。西門慶因問家
中沒甚事。經濟道。家中爹去後。倒也無事。只是工部安老爹那

里差人來問了兩遭昨日還來問我回說還沒來家裡正說着只見來安兒拿了大盤子黃芽韮猪肉盒兒上來西門慶陪着纔吃了一個兒忽有平安走來報衙門裡房令史和衆節級來稟事西門慶即到廳上站立令他進見二人跪下請問老爹幾時上任官司公用銀兩動支多少西門慶道你們只照舊時整理就是了令史道去年只老爹一位到任如今老爹轉正何老爹新到任兩事並舉比尋常不同西門慶道既是如此添十兩銀子三十兩買辦就是了二人應喏下去西門慶又叫回來分付上任的日期你還問何老爹擇幾時二人道何老爹纔定准在廿十八日上任西門慶道既如此你每伺候就是了二人到衙門領了銀子出來定卓席買辦去了落後喬大户又來拜望

道喜。西門慶留坐不坐吃茶起身去了。當下西門慶陪二人至掌燈時。方散。西門慶往月娘房裡歇了一宿。題過。到次日家中置酒與何千户接風。文嫂又早打聽得西門慶來家。對王三官說了。具個柬帖兒來看請。西門慶這裡買了二付豕蹄。兩尾鮮魚。兩隻燒鴨。一壜南酒。差玳安送去。與太太補生日之禮。他那裡賞了玳安三錢銀子。這不在話下。正廳上設下酒。錦屏耀目。卓椅鮮明。地鋪錦毯。壁挂名人山水。吳大舅。應伯爵。温秀才。多來的早。西門慶陪坐吃茶。使人邀請何千户。不一時小優兒上來磕頭。應伯爵便問。哥今日怎的不叫李銘。西門慶道。他不來我家來。我沒的請他去。這伯爵便道。你惱他。每不言語了。正說話中間。只見平安慌忙拿帖兒禀說。帥府周爺來拜。下馬了。吳大舅溫秀才。應伯爵。都縣在西廂房內。西門慶冠帶出來。迎至廳上敘禮。道及轉陞恭喜之事。西門慶又謝他人馬。于是分賓主坐着。周守備問京中見朝之事。西門慶一一說了。周守備道。龍溪不來。已定差人來取家小上京去。西門慶道。就取也待出月。如今何長官且在衙門權住着哩。夏公的房子。與了他住。也是我替他主張的。守備道。這等更妙。因見堂中擺設卓席。問道今日所延甚客。西門慶道。聊具一酌。與何大人接風。同僚之間不好意思。二人吃了茶。周守備起身說道。容日合衙列位。與二公奉賀。西門慶道。豈敢動勞。多承先施。作揖出門。上馬而去。西門慶回來脫了衣服。又陪三人坐的。在書房中擺飯。何千户到午後方來。吳大舅等各相見敘禮畢。各敘寒溫。茶湯換罷。各寬

衣服何千户見西慶家道相稱酒筵齊整四个小優銀箏象板
玉阮琵琶遞酒上坐堂中金爐焚獸炭玉盞泛羊羔放下簾了
合席春風滿堂和氣正是得多少金樽浮醁醑玉燭剪春聲飲
酒至起更時分何千户方起身往衙門中去了吳大舅應伯爵
溫秀才各辭回去了西門慶打發小優兒出門分付收了家火
往前邊金蓮房中來婦人在房內濃施朱粉復整新粧薰香澡
牝正酣西門慶進他房來滿面笑容向前替他脫衣解帶連忙
教春梅點茶與他吃了打發上牀歇宿端的暖衾暖被錦帳
生春麝香藹藹被窩中相挨素体枕蓆上緊貼酥胸口吐丁香
蚪含珠婦人雲雨之際百媚俱生西門慶扣摟之後靈犀已透
睡不着枕上把離言深講交接後淫情未足定從下品鸞簫這

婦人的說。無非只是要拴西門慶之心。又况拋離了半月。在家久曠幽懷。淫情似火。得到身。恨不得鑽入他腹中。那話把來品弄了一夜。再不離口。西門慶要下牀溺尿。婦人還不放。說道。我的親親。你有多少尿。溺在奴口裡。替你嚥了罷。省的冷呵呵的。熱身子。你又下去凍着。倒值了多的。這西門慶聽了。越發歡喜無已。叫道。乖乖兒。誰似你這般疼我。于是真個溺在婦人口內。婦人用口接着。慢慢一　口多嚥了。西門慶問道。好吃不好吃。金蓮道。略有些鹹味兒。你有香茶與我些壓壓。西門慶道。香茶在我白綾襖內。你自家拿。這婦人向牀頭拉過他袖子來。掏掏了幾個。放在口內。纔罷。

侍臣不及相如渴。　特賜金莖露一盃

看官聽說。大抵妾婦之道。蠱惑其夫。無所不至。雖屈身忍辱。殆不爲耻若夫正室之妻光明正大豈肯爲此是夜西門慶與婦人儘盤桓無度次日早往衙門中何千户上任吃公宴酒兩院樂工動樂承應午後纔回家排軍隨郎抬卓席來王三官那裡又差人早來邀請西門慶使玳安段鋪中要了一套衣服包在毡包內纔收拾出來左右來報工部安老爺來拜慌的西門慶整衣不迭出來迎接安郎中食經正等丞的俸繫金廂帶穿白鷴補子跟着許多官吏滿面笑容相携到廳敘禮彼此道及公恭賀之分賓主坐下安郎中道學生差人來問幾次說四衆還未回西門慶道正是京中要等見朝引奏纔起身回須臾茶湯吃罷安郎中方說學生敬來有一事不當奉瀆今有九江大户蔡少塘乃是蔡老先生第九公子來上京朝覲前日有書來

有早晚便到學生與宋松泉錢雲野黃泰宇四人作東借府上設席請他未知允否西門慶道老先生尊命豈敢有違約定幾時安郎中道在二十七日明日學生送分子過來煩盛使一辦足見厚愛矣說畢又上了一道茶作辭起身上馬喝道而去西門慶卽出門前往王招宣府中來赴席到門首先投了拜帖王三官聽的西門慶到了連忙出來迎接至廳上敘禮原來五間大廳毬門蓋造五脊五獸重簷滴水多是菱花槅扇正面欽賜牌額金字題曰世忠堂兩邊門對寫着敞杲元勳第山河礪家廳內設着虎皮公座地下鋪着栽毛絨毯王三官與西門慶行畢禮尊西門慶上坐他便傍設一椅相陪須臾紅漆丹盤拿上茶來交手遞了茶左右收了去彼此扳了些說話然後安排

酒筵遞酒。原來王三官叫了兩名小優兒彈唱。西門慶道。請出老太太拜見拜見。慌的王三官令左右後邊說。少頃出來說道。請老爹後邊見罷。王三官讓西門慶進內。西門慶道。賢契你先導引。于是逕入中堂。林氏又早戴着滿頭珠翠。身穿大紅通袖袍兒。腰繫金鑲碧玉帶。下着玄錦百花裙。搽抹的如銀人也一般。梳着縱鬢。點着朱唇。耳帶一雙胡珠環子。裙拖垂兩挂玉佩。叮噹。西門慶一面將身施禮。請太太轉上。林氏道。大人是客。請轉上了。半日兩個人平磕頭。林氏道。小兒不識好歹。前日冲瀆大人。蒙大人寬宥。又處斷了。那些人知感不盡。今日備了一杯水酒。請大人過來。老身磕個頭兒謝謝。如何又蒙大人見賜將禮來。使我老身卻之不恭。受之有愧。西門慶道。豈敢。學生因為公事往東京去了。悞了與老太太拜壽。些須薄禮。胡亂送與老太太賞人便了。因見文嫂兒在傍。便道。老文。你取付臺兒來。等我與太太送杯杯壽酒。連忙呼玳安上來。原來西門慶氈包內預備着一套遍地金時樣衣服。紫丁香色通袖段袄。翠藍拖泥裙。放在盤內。獻上林氏。一見金彩奪目。先是有五七分歡喜。文嫂隨即捧上金盞銀臺。王三官便叫兩個小優。拿樂器進來。彈唱。林氏道。你看叫進來做什麼。在外答應罷了。一面撺出來。當下西門慶把盞畢。林氏也回奉了一盞與西門慶。謝了。然後王三官與西門慶遞酒。西門慶纔待送下禮去。林氏便道。大人請起。受他一禮兒。西門慶道。不敢。豈有此禮。林氏道。好大人。怎生這般說。你恁大職級。做不起他個父親。小兒自幼失學。不曾跟着那好人。若不是大人垂愛。凡事也指教為個好人。今日我跟前。教他拜大人做了義父。但看不是處。一任大人教訓。老身並不護短。西門慶道。老太太雖故說得是。但令郎賢契賦性也聰明。如今年少。為小事。行道之端。往後自然心地開闊。改過遷善。老太太倒不必介意。當下教西門慶轉上。王三官把盞遞了三鍾酒。受其四拜之禮。遞畢。西門慶亦轉下。與林氏作揖謝禮。林氏笑吟吟。深深還了萬福。自以此後。王三官見着西門慶以父稱之。有這等事。正是常將壓善欺良意。權作尤雲殢雨心。詩人看到此。必甚不平。故作詩以嘆之。詩曰

從來男女不通酬　賣俏營奸真可羞

三官不解其中意　饒貼親娘還磕頭

又詩大家閨閣要嚴防　牝鷄司晨最不良
不但李得家芦喪　有愧當時節義堂

遞畢酒。林氏分付王三官。請大人前邊坐。寬衣服。玳安拿忠靖巾來換了。不一時安席坐下。小優彈唱起來廚役上來割道。玳安拿賞賜伺候。當時席前唱了一套新水令。

翠簾深小。房櫳滴玉鈎。抵挫馳茸斗蜆龜背錦屏風。春意溶溶。梅稍上暗香動。

喬牌兒　瑣窓横倒挂緑毛鳳。梨雲一片羅浮夢夜深沉

求

甜水令　瓊樹生花。玉龍晚凍。瑞雪舞迴鳳。碧落塵淡。白

窺丹雲接　臭門珠玄

折桂令　錦排場賞玩。春正二八仙鬟。十六歌童花底藏門。尊前賠令。席上投隻嬌滴滴爭妍競寵。幸孜孜倚翠偎紅。走斝飛觥。換的移玄妙。清誰悜撥輕籠。

水仙子　麝媒香靄繡美帶葉鳳臘光搖金蝶。象牀春暖花。胡的脂粉香。珠翠叢。彩雲深。罗縲龍涎細。金爐獸相暖溶溶。和氣春風。

雁兒落得勝令　銀箏秋雁橫。玉管鶯弄花明。翡翠翅酒滿玻璃寺衫袖。捧金尊羅怕春愁。橙嫩霜剖。茶香帶雪烹。歡濃。醉後情從重。筵終更深樂未窮。

沽美酒　轉秋波一笑中。透犀兩情道燈下端祥可重種。似嫦娥出月玄。知女下巫峰。

太平令　欹鬢嚲金釵飛鳳。舞裙㒺翠縷蟠龍。粉汗溫鉛華嬌容舌尖吐丁香微送臂。釧封守。原是一對兒雛鸞嬌鳳。

川撥棹　喜相逢相逢可意。種柳因花慵。玉暖酥融。那一回風流受用。巍巍寶髻鬆。困藤秋氷橫曲弯弯眉黛濃。七弟兄醉烘玉窍暈微紅龍花蝶玉歡情縱有身在醉魂中。蓮珠玄里遊仙夢。梅花酒恰便似雲雨蹤。沒亂殺見慣司空禁故簾籠。馬棟隣鷄唱終。玉漏滴咽雖龍艮倚燼落螢沙寶。到曉光籠。碧天邊日那融融。

收江南　呀　倒聽的轆轤聲在粉墻東。早鴉啼金井下梧桐。春嬌滿眼未惺越。將一段幽歡密寵。等閒驚覺忽忽。

當下食割五道。歌吟二套。秉燭上來。西門慶起身更衣告辭。王
三官再三欵留。又邀到他那邊書院中。獨獨的一所書院。三間
小軒。裡面花木掩映。文物消灑。金粉箋扁曰。三泉詩舫。四壁挂
四軸古畫。軒轅問道。伏生墳典。丙吉問牛。宋京觀史。西門慶便
問三泉是何人。王三官只顧隱避不敢回答。半日纔說是兒子
的賤號。西門慶便一聲兒沒言語。抬過高壺來。只顧投壺飲酒。
四個小優兒在傍彈唱。林氏後邊和丫鬟養娘。只顧打發添換
菜蔬菓碟兒上來飲酒。吃到二更時分。西門慶已帶半酣。作辭
起身。賞小優兒三錢銀子。親送到大門。看他上轎。兩個排軍。打
着灯火。西門慶頭戴暖耳。身披貂裘。作辭回家。到家想着金蓮
白日裡話。逕往他房中。原來婦人還沒睡哩。纔摘去冠兒。挽着

雲鬢。淡粧濃抹。正在房內倚靠着。梳檯脚。登着爐臺兒。口中磕瓜子兒等待。火邊茶烹玉蕊。卓上香裊金猊。見西門慶進來。慌的輕移蓮步。款蹙湘裙。向前接衣裳安放。西門慶坐在牀上。春梅拿淨甌兒。婦人從新用纖手抹盞邊水漬。點了一盞濃濃艷艷芝蔴鹽笋栗系。瓜仁核桃仁。夾春不老海青拿天鵝。木樨玫瑰潑滷六安雀舌芽茶。西門慶剛呷了一口。美味香甜。滿心欣喜。然後令春梅脫靴解帶。打發在牀。婦人在燈下摘去首飾。換了睡鞋。兩個被翻紅浪。枕欹彩鸞。並頭交股而寢。春梅向卓上皐合銀荷雙掩鳳檣。歸那邊房中去了。西門慶將一隻胳膊支婦人枕着。精赤條摟在懷中。猶如軟玉溫香一般。兩個酥胸相貼。玉股交梃。臉兒廝揾。嗚咂其舌。婦人一把扣了瓜子穰兒用。

碟兒盛着。安在枕頭邊。將口兒噙着。舌支密哺送下口中。不一
時甜唾融心。靈犀春透。婦人不住手下邊揑弄他那話。打開淫
器包兒。把銀托子。西門慶因問道。我的兒。我不在家。你想我不
曾。婦人道。你去了這半個來月。奴那刻兒放下心來。晚間夜又
長。獨自一個又睡不着。隨問怎的暖床暖鋪。只是害冷。伸着腿
兒觸冷。伸不開手中了的酸了。數着。口子兒白盼不到。枕邊眼
淚不知流勾多少。落後春梅小肉兒。他見我我短嘆長吁。晚間鬧
着我下棋。坐到起更時分。俺娘兒兩個一炕兒通厮脚兒睡我
的哥哥。奴心便是如此。不知你的心兒如何。西門慶道。怪油嘴。
這一家雖是有他們。誰不知我在你身上偏多。婦人道。罷麽。你
還哄我哩。你那吃着碗裏看着鍋裏的心兒。你說我不知道想

着你和來旺兒媳婦子蜜調油也似的。把我來就不理了。落後
李嬌兒生了孩子。見我如同烏眼鷄一般。今日多往那去了。正
的奴老實的還在你就是那風裡揚花滚上滚下。如今又興起
那如意兒賊搗刺骨來了。他隨問怎的。只是奶子。見放着他漢
子是個活人妻。不爭你要了他。到明日又教漢子好在門首放
羊兒好刺。你爲官爲宦。傳出去什麽好聽。你看這賊淫婦前日
你去了。因春梅兩個爲一個棒槌和你兩個大嚷大鬧。通不讓
我一句兒哩。西門慶道罷麽。我的兒。他隨問甚怎的。只是個手
下人他那里有七個頭。八個膽。敢頂撞你。你高高手兒他過去
了。低低手兒他過不去。婦人道樂。說高高手兒他過不去了的
話。没了李瓶兒。他就頂了窩兒。學你對他說。你若伏侍的好。我

把娘這分家當就與你罷你真個有這個話來西門慶道你休
胡猜疑我那里有些話你寬恕他我教他明日與你磕頭陪不
是罷婦人道我也不要他陪不是我也不許你到那屋裡睡西
門慶道我在那邊睡也非為別的因越了不過李大姐情一兩
夜不在那邊歇了他守靈兒誰和他有私盟私醋婦人道我不
信你這摭溜子人也死了一百日來還守什麼靈在那屋裡也
不是守靈屬米倉的上半夜摇鈴下半夜丫頭似的聽好梆聲
幾句說的西門慶急了摟個脖子來親了個嘴說道怪小淫婦
兒有這些張致的于是令他吊過身子去隔山討火那話自後
插入牝中把守在被窩內摟抱其股竭力搧磞的連聲響喨一
面令他呼叫大東大西問道你怕我不怕再敢管着婦人道怪

奴才不曾着你。待好上天也。我曉的也丟不開這淫婦。到明日問了我。方許你那邊去。他若問你要東西。對我說。也不許你悄悄偷與他。若不依我打聽出來。看我嚷的塵鄧鄧的不讓我。就擯先了這淫婦。也不差什麽兒。又想李瓶兒來頭。教你哄了。險些不把打到揣字號去了。你這波答子爛桃行貨子。豆芽菜有甚正條細兒也。怎的老娘如今也賊了些兒子。西門慶笑道。你這小淫婦兒。原來就是六禮約當下兩個殢雨龍雲。纏到三更方歇。正是有窓有鳥賣有機卿得春來枝上說有詩可証。

帶雨籠烟世所稀　妖娆身勢似難支
終宵故把芳心訴　留在東風不放歸

兩個並頭交股。睡到天明。婦人淫情未足。便不住只往西門慶

手里捏弄那話。登時把麈柄捏弄起來。叫道親達達我一心要
你身上睡睡。一面扒伏在西門慶身上。倒澆燭。接着他脖子。只
顫揉搓。教西門慶兩手扳住他腰。扳的緊緊的。他便在上極力
抽提。一面扒伏在他身上揉。一回那話漸沒至根。餘者被托子
所阻不能入。婦人便道。我的達達。等我白日里替你縫一条白
綾帶子。你把和尚與你那末子藥裝些在裡面。我再墜上兩根
長帶兒。等睡睡時。你扎他在根子上。卻拿這兩根帶扎拴後邊
腰里。拴的兒緊緊的。又显火又得全放進。強如這根托子。楂澆着
格的人疼。又不得盡美。西門慶道。我的兒你做下。藥在車上磁
盒兒內。你自家裝上就是了。婦人道。你黑夜好歹來。咱晚夕拿
與他試試看。好不好。于是兩個頑耍一番。只見玳安拿帖兒進

來問春梅爹起身不曾安老爹差人送分資來了又擡了兩壜
金華酒四盆花樹進來春梅道爹還沒起身教他等等兒玳安
道他好小近路兒還要趕新河口閘上回說話哩不想西門慶
在房中聽見隔窓叫玳安問了話拿帖兒進折開看着上寫道
奉去分資四封共八兩惟少塘卓席餘者酌而已仰冀從者
留神足見厚愛之至外具蒔花二盆清玩浙酒二樽少助待
客之需希莞納幸甚
西門慶看了一面起身且不梳頭戴着毡巾穿着絨氅衣走出
到廳上令安老爹人進見遞上分資西門慶見四盆花草一盆
紅梅一盆白梅一盆茉莉一盆辛夷兩壜南酒滿心歡喜連忙
收了發了回帖賞了來人五錢銀子因問老爹們明日多咱時

分來用戲子不用來人道多得早來戲子用海鹽的不要這裡
的一面打發了西門慶分付左右把花草擡放藏春塢書房中
擺放施叫泥水匠隔山拘火打了兩座暖炕恐怕煤烟薰觸寄
秀春鴻來安澆灌茶水有悞西門慶使玳安叫戲子去一面兌
銀子與來安兒買辦那日又是孟玉樓上壽院中叫小優兒晚
夕彈唱按下一頭卻說應伯爵在家拿了五個箋帖教應寶揣
着盒兒徃西門慶對過房子內央溫秀才寫請書要請西門慶
五位夫人二十八日家中做滿月剛出門轉了街口只見後邊
一人高叫道二爺請回來伯爵紐頭回看是李銘立住了脚李
銘走到跟前問道二爺徃那里去伯爵道我到溫師父那里有
些事兒去李銘道到家中小的還有句話兒說只見後邊一个

閒漢掇着盒兒這伯爵不免又到家堂屋內李銘連忙磕了個
頭起來把盒兒掇進來放下揭開卻是燒鴨二隻老酒二瓶說
道小人沒甚這些微物兒孝順二爹賞人小的有句話逕來央
及二爹一面跪在地下不起來伯爵一把手拉起說道傻孩兒
你有話只管和我說怎的買禮來與我李銘道小的從小兒在
爹宅內答應這幾年如今爹到看顧別人不用小的了就是桂
姐那邊的事各門各戶小的一家兒是不知道不爭爹因着那
邊惱我難爲小的了這負屈啣冤沒處聲訴逕來告二爹二爹
倘到宅內見了爹替小的加句美語兒說說就是桂姐有些一
差半錯不干小的事爹動意惱小的不打緊同行中人越發欺
負小的了伯爵道你原來這些時也沒往宅內答應去李銘道

小的沒曾去。伯爵道。真道昨日你爹從東京來。在家擺酒。與何老爹接風。請了我何大舅溫師父同坐。叫了吳惠鄭春邵春左順。在那裡答應。我說怎的不見你。我問你爹。你爹說他沒來。我沒的請他去。傻孩兒。你還不走跪着些兒。還好。你與誰賭鱉氣哩。李銘道。爹宅內不呼喚小的。小的怎的好去。前日他每四個。在那里答應。今日三娘上壽。安官兒早辰在裡邊。又叫了兩名小的兒去了。明日老爹擺酒。又是他每四個。倒沒小的。小的心裡怎麼有個不急的。只望二爹替小的一說。明日小的還來與二爹磕頭。伯爵道。我沒有個不替你說的。我從前已往。不知替人完美了多少勾當。你央及我。這些事兒。我不替你說。你依着我。把這禮兒你還拿回去。你自那里錢兒。我受你的。你如今親跟了我去等我慢慢和你爹說李銘道二爹不收此禮小的也不敢去了雖然二爹不稀罕也盡小的一點窮心罷了千恩萬謝再三央告伯爵把禮收了討出三十文錢打發拿盒人回去說道盒子且放在二爹這里等小的到宅內回來取罷于是與伯爵同出門轉灣抹角來到西門慶對門房子裡到書院門首搖的門環兒响說道葵軒老先生在家麼這溫秀才正在書窓下寫帖兒忙應道請里面坐書童開門伯爵在明間內坐的正面列四張東坡椅兒挂着一軸莊子惜寸陰圖兩邊貼着墨刻左右一聯書着瓶梅香筆研窓雪冷琴書一間挂着布門簾溫秀才聽見他來一面即出來相見叙禮讓坐說道老翁起來的早推那里去來伯爵道敢來煩瀆大筆寫几個請書兒如此這般二

十八日。小兒滿月請宅内他娘們坐坐。温秀才道帖在那里將
來學生寫伯爵即令應寶取出五個帖兒。遞過去這温秀才拿
到房内研起墨來。纔來寫得兩個。只見棋童慌慌張張。走來説
道温師父再寫兩個帖兒。大娘的名字如今請東頭喬親家娘
和大妗子去頭里琴童來取了。門外韓大姨和孟二妗子。那兩
個帖兒打發去了不曾。温秀才道你姐夫看着打發去這半日
了棋童道。温師父寫了這兩個還再寫上三個請黄四嫂付大
娘。韓大嬸和甘夥計娘子的。我使來安兒來取不一時打發去
了只見來安來取這四個帖兒伯爵問你爹在家里衙門中去
了來安道。爹今日沒往衙門里去在廳上看着收禮。喬親家那
邊送禮來了。二爹請過那邊坐的。伯爵道。我寫了這帖兒就去。

溫秀才道老先生昨日王宅赴席來晚了伯爵問起那王宅溫秀才道是招宣府中伯爵就知其故良久來安等了帖兒去方纔與伯爵寫得完備李銘過這邊來西門慶髮着頭只在廳上收禮打發回帖傍邊排攏卓面見伯爵來唱喏畢讓坐廳上生着一盆炭火伯爵謝前日厚情因問哥定這卓席做什麼西門慶把安郎中來央浼作東請蔡九府之事告與他說了一遍伯爵問道明日是戲子小優西門慶道叫了一起海鹽子弟我這里又預備下四名小優兒答應伯爵道哥那四個西門慶道吳惠邵奉鄭春左順伯爵道哥怎的不用李銘西門慶道他已有了高枝兒又稀罕我這里做什麼伯爵道哥怎的說這個話你嗔他他纔來也不知道你一向惱他但是各人勾當不干他事

三嬸那邊幹事他怎得曉的你到休要屈了他他今早到我那里哭哭啼啼告訴我休說小的姐姐在爹宅內只小的答應該幾年今日有了別人倒沒小的他再三賭神發呪並不知他三嬸在那邊一字兒你若惱他卻不難爲他了他小人有什麼大湯水兒你若動動意兒他怎的禁得便教李銘你過來親自告訴你爹你只顧躲着怎的自古醜媳婦怕見公婆那李銘便過來站在槅子邊低頭歛足只見僻廳鬼兒一般看着二人說話再不敢言語聽得伯爵叫他一面走進去直着腿兒跪着地下只顧磕頭說道爹再訪那邊事小的但有一字知道小的車碾馬踏遭官刑揲死爹從前已往天高地厚之恩小的一家粉身碎骨也報不過來不爭今日惱小的惹的同行人恥笑他也欺

負小的。小的再向那里是個王兒說畢。號啕痛哭。跪在地下。只顧不起身。伯爵在傍道。罷罷。哥是看他一場。大人不見小人之過。休說沒他不是。就是他不是處。他既如此。你也將就可恕他罷。你過來。自古穿黑衣。抱黑柱。你爹既說開。就不惱你了。李銘道。二爹說的是。知過必改。往後知道了。伯爵道。打面面口袋。你這回纔到過醮來了。西門慶沉吟半晌。便道。既你二爹再三說我不惱你了。起來答應罷。伯爵道。你還不快磕頭哩。那李銘連忙磕個頭。立在傍邊。伯爵方纔令應寶取出五個請帖兒來遞與西門慶。說道。二十八日。小兒彌月。請列位嫂子。過舍光降光降。西門慶展開觀看。上面寫着。

二十八日。小兒彌月之辰。寒舍薄具豆觴。奉酹厚貺。千希魚軒賁臨。不勝幸荷。下書應門杜氏歛衽拜。
西門慶看畢。合來安兒連盒兒送與大娘瞧去。看情後日去不成。寔和你說。明日是你三娘生日。家中又是安郎中擺酒。二十八日他又要徃看夏大人娘子去。如何去的成。伯爵道。哥殺人嫂子。不去。滿園中菓子兒。再靠着誰哩。我就親自進屋裡請去。少頃。只見來安拿出空盒子來了。大娘說多知覆知道了。伯爵把盒兒逓與應寶接了。笑了道。哥剛纔你就哄我起來。若是嫂子不去。我就把頭磕爛了。也好歹請嫂子走走去。于是西門慶教伯爵你且休去。在書房中坐坐。等我梳了頭兒。咱每吃飯。說畢。入後邊去了。這伯爵便向李銘道。如何。剛纔不是我這般說着。他甚是惱你。他有錢的性兒。隨他說幾句罷了。常言嗔拳不笑面。如今時年尚個奉承的。拿着大本錢做買賣。還放三分和氣。你若撐硬船兒。誰理你。休說你每隨機應變。全要四水兒活。纔得轉出錢來。你若撞東牆。別人吃飯飽了。你還忍餓。你答應他幾年。還不知他性兒。明日交你桂姐赶熱腳兒來。兩當一兒就與三娘做生日。就與他陪了禮來兒。一天事多了了。李銘道。二爹說得是。小的到家過去。就對三媽說。說着。只見來安兒放卓兒。說道應二爹。請坐。爹就出來。不一時。西門慶梳洗出來陪伯爵坐的。問他你連日不見老孫祝大化。伯爵道。我令他來。他知道哥惱他。我便說。還是哥十分情分。看上顧下。那日蝗蟲螞蚱一倒撲了去。你敢様的他每發下誓。再不和王家小廝走。說哥昨日在他家吃酒來。他每也不知道。西門慶道。昨日他如此這般。置了一席大酒請了我拜認我做乾老子。吃到二更來了。他每怎樣的再不和來往。只不干碍着我的事。隨他去。我管他怎的。我不真個是他老子。我管他不成。伯爵道。哥這話說絕了。他兩個一二日也要來與你服個禮兒。解釋解釋。西門慶道。你教他只顧來。平白服甚禮。一面來安兒拿上飯來。無非是炮烹美口餚饌。西門慶吃粥。伯爵用飯。吃畢。西門慶問那兩個小優兒來了不曾。來安道。來了這一日了。西門慶吽他了和李銘一答兒吃飯。一個韓佐。一個邵鎌。向前來磕了頭。下邊吃飯去了。良久。伯爵起身說道。我去罷。家里不知怎樣等着我哩。小人家兒幹事最苦。先從爐臺底下。直買起到堂屋門首。那些兒不要買。西門慶道。你去幹了事。晚間來坐坐。與你三娘上壽。磕個頭

兒。也是你的孝順。伯爵道。這個已定來。還教房下送人情來。說畢。一直去了。正是得意友來情不厭。知心人至話相投。有詩爲證

順情說好話　幹直惹人嫌
世事淡方好　人情耐久看

畢竟未知後來何如。且聽下回分解。

[illegible]

第七十三回

潘金蓮不憤憶吹簫

聯經出版事業公司 景印版

西門慶新試白綾帶

第七十三回

潘金蓮不憤憶吹簫　郁大姐夜唱鬧五更

巧厭多乖拙厭閒　善言懦弱惡嫌頑
富遭嫉妬貧遭辱　勤又貪圖儉又慳
觸目不分皆笑拙　見机而作又疑奸
思量那件合人意　為人難做做人難

話說應伯爵回家去了。西門慶正在花園藏春塢坐着。看泥水匠打地爐炕。墻外燒火。裡邊地暖如春。安放花草。庶不至煤烟薰觸。忽見平安拿進帖來。稟說帥府周爺那里差人送分資來了。盒内封着五封分資。周守備。荊都監。張團練。劉薛二内相。每人五十星。粗帕二方。奉引賀敬。西門慶令左右收入後邊。拿回帖打發來人去了。且說那日楊姑娘。與吳大妗子。潘姥姥。坐轎子先來了。然後薛姑子大師父。王姑子。并兩個小姑子。妙趣妙鳳。并郁大姐。多買了盒兒來。與玉樓做生日。吳月娘在上房擺茶。眾姊妹都在一處陪侍。須臾吃了茶。各人都取便坐了。潘金蓮想着要與西門慶做白綾帶兒。不知走到房裡。拿過針線匣。揀一條白綾兒。用扣針兒親手縫龍帶兒。用纖手向減粧磁盒兒內。傾了些顫聲嬌藥末兒。裝在裡面周圍。又進房來。用倒口針兒撩縫兒甚是細法。預備晚夕要與西門慶雲雨之歡。不想薛姑子驀地進房來。送那安胎氣的衣胞符藥。這婦人連忙收過。一連陪他坐的。這薛姑子見左右無人。悄悄遞與他。向他說。多整理完備了。你揀了壬子日空心服到晚夕與官人在一處。

骨情一度就成胎氣。你看後邊大菩薩。也是貧僧替他安的胎。今也有了半肚子了。我還說個法兒與。你縫做了錦香囊。我贖道朱砂雄黃符兒。安放在裡面。帶在身邊。管情就是男胎。好不准驗。這婦人聽了滿心歡喜。一面接了符藥。藏放在廂中。拿過曆日來看。二十九日是壬子日。于是就稱了三錢銀子。送與他說。這個不當什麼。拿到家買根菜兒吃。等坐胎之時。你明日稍了硃砂符兒來着。我尋疋絹與你做鍾袖。薛姑子道。菩薩快休計較。我不相王和尚那樣利心重。前者因過世那位菩薩念經。他說我攙了他的主顧。好不和你兩個嚷鬧。到處拿言語喪我。我的爺。隨他墮業。我不與他爭執。我只替人家行好。救人苦難。婦人道。薛爺。你只行的事。各人心地不同。我這里勾當。你也休和他說薛姑子道法不傳六耳我肯和他說去年為後邊大菩薩喜事他還說我背地得了多少錢擗了一半與他纔罷了一個僧家戒行也不知利心又重得了十方施主錢粮不修功果到明日死沒披毛戴角還不起說了回話婦人教春梅看茶與薛爺吃那姑子吃了茶又同他到李瓶兒那邊參了參靈方歸後邊來約後晌時分月娘兩個放卓兒炕屋里請坐諸堂客明間內坐的齊整錦帳圍屏放八仙卓鋪着火盆菜的案酒晚夕孟玉樓與西門慶遞酒穿着何太監與他那五彩飛魚蟒衣白綾襖子同月娘居上其餘四位都兩邊列坐不一時堂中畫燭高燒壺內羊羔滿泛卲鐮韓佐兩個優兒銀筝象板月面琵琶席前彈唱紛紛瑞靄飄飄朶朶祥雲墜玉樓打扮粉粧玉琢蓮臉

生春。與西門慶遞酒。花枝招颭。綉帶飄飄。磕了四個頭。然後方與月娘衆姊妹俱見了禮。安席坐下。只見陳經濟向前。大姐執壺。先遞了西門慶月娘後與玉樓上壽行畢禮。傍邊坐下。厨下壽麵點心。添換一齊拿上來。只見來安。拿進盒兒來說。應寶進人情來了。西門慶教月娘收了。教來安送應二娘帖兒去請你應二爹。和大舅來坐坐。我曉的他娘子兒明日也是不來。請二哥來坐坐罷改日回人情與他就是了。來安拿帖兒同應寶去了。西門慶坐在上面。不覺想起去年玉樓上壽。還有李大姐。今日于毋五個。只少了他。由不得心中痛。眼中落淚。不一時李銘斟上酒。下邊吃湯飯上來了。兩個小優兒也來了。月娘分付。你會唱。比翼成連理不會。韓佐道。小的有纔待拿起樂器來彈唱。

被西門慶叫近前來分付你唱一套憶吹簫我聽罷兩個小優
連忙改調唱集賢賓。
憶吹簫玉人何處也。今夜病較添些。白露冷。秋蓮香。粉墻低
皓月偏斜。止不過暫時間鏡破釵。分倒勝似數十弟信絕音
絕。對西風倚樓空自嗟。望不斷叢樹重疊。俏的是流光去馬
疵陳擺蛇。
逍遙樂　歡娛前夜。喜根燈能。香玉帶結。剛得了和協。誰承
望又早離別。常記得相靠相偎笑語喋。畫堂中那日驕奢。受
用些樽中線。釵扇底紅牙枕上蝴蝶。
（醋葫蘆）我和他。那日相逢臉帶羞。乍交歡心尚怯。半裝醉。半
裝醒。半裝呆兩情濃到今難棄。錦帳裡鴛鴦衾。方纔溫熱。把

一枝鳳凰簪兒做了三兩截

又　我和他挑着燈將好句兒截背着人惱心說直等到碧梧窗外影兒斜惜花心怕將春漏步蒼苔脚尖輕立露珠的常汚了踏青靴

又　我為他朋情上將說話兒丟他與我毋親個將喬樣兒粧我為何在家中費盡了巧喉舌他為我褪湘裙鴿花上血

原來潘金蓮見唱些詞盡知西門慶念思李瓶兒之意唱到此句在席上故意把手放在臉兒上這點兒那點兒羞他說道孩兒那里豬八戒走在冷舖中坐着你怎的醜的沒對兒一個後婚老婆又不是女兒那里討杜鵑花上血來好了沒羞的行貨子西門慶道恠奴才我只知道那里曉的什麼兩個小優唱道

又　我爲他耳輪兒常熱。他爲我面皮紅羞。把扇兒遮蝴蝶兒。一個相府內懷春女。一個是君前門彈劍客。半路里忽逢者。倒幾個千金夜。忽剌八抛去也。我怎肯恁隨邪。又去把墻花亂。

後庭花　夢了些些虛飄飄花上蝴蝶。聽了些些咭叮噹簷前鐵倒合上温郎鏡。又早攔回卓氏車。我這里痛傷嗟。鴛帳冷香消。蘭麝困。將來倒圍些些望陽臺道路賒。那愁怎打疊這相思索害他看銀河直又斜。對孤燈又滅

青歌兒　呀　風亂灑堦前堦前黃葉。一半遮柳稍柳稍殘月這離情比前春較陡些些。害也斜瘦的喠嚈待桑田重變海枯渴還不了風流業。浪里來煞　這愁倒。還在眼角哲一一又來到

眉上惹恨不的倩三尸　臍細鑑碣有一日綉幃中肌玉重

厮貼我將他指尖兒輕捏直說到樓頭北斗柄兒斜

唱畢。那潘金蓮不憤他唱這套。兩個在席上只顧拌嘴起來。月娘就有些看不上。便道。六姐你也耐煩。兩個只顧且強什麼。楊姑奶奶和他大妗子丟的在屋里冷清清的。沒個人兒陪他。你毋着兩個進去陪他坐坐兒。我就來。當下金蓮和李嬌兒往房裡陪楊姑娘。潘姥姥。大妗子。坐去了。不一時。只見來安向前說應二娘帖兒送到了。二爹來了。大舅便來。西門慶道。你對過請溫師父來坐坐。因對月娘說。你分付厨下拿菜出來。我前邊陪他坐去。又吽李銘你往前邊唱來罷。李銘即跟着西門慶出來。西廂房內陪伯爵坐的。又謝他人情。明日請令正好歹來看看。

伯爵道他怕不得來家下沒人良久溫秀才到作揖坐下伯爵舉手道早辰多有累老先生見溫秀才道豈敢吳大舅也到了相見讓位畢一面琴童兒秉燭來四人圍暖爐坐定來安拿着春盛案酒擺在卓上伯爵燈下看見西門慶白綾襖子上罩着青段五彩飛魚蟒衣長爪舞牙頭角崢嶸揚鬚鼓鬣金碧掩映蟠在身上諕了一跳問哥這衣服是那里的西門慶便向起身來笑道你每瞧瞧猜是那里的伯爵道俺每如何猜得着西門慶道此是東京何太監送我的我在他家吃酒因害冷他拿出這件衣服與我披這是飛魚朝廷另賜了他蟒龍玉帶他不穿這件就相送了此是一個大分上伯爵方極口誇奬這花衣服少說也值幾個錢兒此是哥的先到明日高轉做到都督上愁

玉帶蟒衣何況飛魚穿過界兒去了說着琴童安放鍾筯湯點心酒上來了李銘在面前彈唱伯爵道也該進去與三嫂遞杯酒兒纔好如何就吃酒西門慶道我兒你有孝順之心往後邊與三嫂磕個頭兒就是了說他怎的伯爵道不打緊等我磕頭去着緊磕不成頭炕沿兒上見個意思兒出來就是了被西門慶向他頭上儘力打了一下罵道你這狗材單管恁沒大小伯爵道孩兒們若肯了那個好意做大兩個又犯了回嘴不一時拿將壽麵來西門慶讓吳大舅溫秀才伯爵吃西門慶因在後邊吃了遞與李銘吃了那李銘吃了又上來彈唱伯爵教吳大舅分付曲兒教他唱大舅道不要索落他隨他揀熟的唱去西門慶道大舅好聽瓦盆這一套兒一面令琴童斟上酒李銘于

是箏排雁柱。欵定冰弦這唱了一套。教人對景無言。終日減芳容。下邊去了。只見來安上來稟說。廚子家去請問爹明日叫幾名答應。西門慶分付六名廚役。二名茶酒。明日具酒筵。共五卓。俱要齊備。來安應諾去了。吳大舅便問姐夫明日請甚麽人。西門慶悉把安郎中作東。請蔡九知府說了。吳大舅道明日大巡在姐夫這里吃酒。又好了。西門慶道怎的說。吳大舅道。還是我修倉的事。就在大巡手里題本。望姐夫明日說說。教我青白青白。到年終他若滿之時。啚他保舉一二。就是姐夫情分。西門慶道這不打緊。大舅明日寫個履歷揭帖來。等我會便和他說。這大舅連忙下來打恭。伯爵道老舅你大人家放心。你是個都根主子。不替你老人家說。再誰說。管情消不得吹噓之力。一箭就上梁。前邊吃酒到二更時分散了。西門慶打發了李銘等出門。就分付明日俱早來伺候。李銘等去了。小厮收進家活。上房內擠着一屋里人。聽見前邊散了。多徃那房里去了。却說金蓮只說徃他屋里去。慌的徃外走不迭。不想西門慶進儀門來了。他便藏在影壁邊。黑影兒裡看着。西門慶進入上房。悄悄走來窗下聽覷。只見玉簫站在堂屋門首。說道。五娘怎的不進去。爹進來屋里來。和三娘多坐着不是。又問姥姥怎的不見。金蓮道。老行貨子他害身上疼。徃房里睡去了。良久只聽月娘便問。你今日怎的叫恁兩個新小王八子。唱又不會唱。只一味會三弄梅花。玉樓道。只你臨了教他唱鴛鴦浦蓮開。他纔依了。你唱這套好個猾小王八子。又不知叫什麼名字。一日在這里。只是頑。西門慶道他兩個叫韓佐一個叫邵謙月娘道誰曉的他叫什麼謙兒李兒不防金蓮慢慢躡足潛踪掀開簾兒進去教他煖炕兒背後便道你問他正景姐姐分付的曲兒不教他唱平白胡枝扯葉的教他唱什麼憶吹簫李吹簫支使的一飄個小王八子亂騰騰的不知依那個的是這玉樓扭回看見是金蓮便道是這一個六丫頭你在那里來猛可說出句話倒諕我一跳单愛行鬼路兒你從多咱路在我背後怎的沒看見你進來脚步兒响小玉道五娘在三娘背後好小一回兒金蓮㸃着頭兒向西門慶道哥兒你濃着些兒罷了你的小見識兒只說人不知道他是甚相府中懷春女他和我多是一般後婚老婆什麼他爲你褪湘裙杜鵑花上血三個官唱兩個喏誰見來孫小官兒

問朱吉別的多罷了。這個我不敢許。可是你對人說的。自從他死了。好應心的菜也沒一碟子兒。沒了王屠。連毛吃猪。空有這些老婆睜着。你日逐只咪屎哩。見有大姐在上。俺每便不是上數的。可不着你那心的了。一個大姐。怎當家理紀。也扶持不過你來。可可兒只是他好來。他死你怎的不拉掣住他。當初沒他來時。你也過來。如今就是諸般兒稱不上你的心了。題起他來就疼的。你這心里格地地的。拿別人當他借汁兒下麵。也喜歡的你要不的。只他那屋里水好吃麼。月娘道。好六姐。常言不說的好人不長壽。禍害一千年。自古鏇的不圓。砍的圓。你我本等是瞞貨。應不上他的心。隨他說去罷了。金蓮道。不是咱不說他。他說出來的話灰人的。只說人憤不過他那西門慶只是笑罵道。怪小淫婦兒胡說了。你我在那里說道。這個話來。金蓮道。還是請黃內官。那日你沒對着應二和溫蠻子說。從他死了。好菜也拿沒出一碟子來。恠不的你老婆多死絕了。就是當初有他在。也不什麼的。到明日再扶一個起來。和他做對兒麼。賊沒廉耻撒根基的貨。說的西門慶急了。跳起來。趕着拿靴脚踢他。那婦人奪門一溜烟跑了。這西門慶趕出去不見他。只見春梅站在上房門首。就一手搭伏着春梅肩背。徃前邊來。月娘見他醉了。巴不的打發他前邊去睡。要聽三個姑子晚夕宣卷。于是教小玉打個燈籠。送他前邊去。金蓮和玉簫站在穿廊下黑影中。西門慶沒看見他。玉簫向金蓮道。我猜爹管情向娘屋里去了。金蓮道。他醉了。快發訕。由他先睡。等我慢慢進去。這玉簫便道。

娘你等等我。取些菓子兒稍與姥姥吃去。于是走到房內袖
出兩個柑子。兩個蘋波。一包蜜餞。三個石榴。與婦人。婦人接的
袖了。一直走到他前邊。只見小玉送了西門慶回來。說道五娘
端的在那邊。爹好不尋五娘。這金蓮到房門首不進去。悄悄向
窗眼里望裡張覷。看見西門慶坐在牀上。正摟着春梅做一
處頑耍。恐怕攪擾他。連忙走到那邊屋里。把秋菊將菓子交付
與了他。因問姥姥睡沒有。秋菊道。睡了一大回了。囑付他菓子
好生收在揀粧內。原復往後邊來。只見月娘李嬌兒孟玉樓西
門大姐大妗子楊姑娘并三個姑子。帶兩個小姑子。妙趣妙鳳
坐了一屋里人。姑子便盤膝坐。在月娘炕上。薛姑子在當中。放
着一張炕卓兒。炷了香。衆人多圍着他聽他說佛法。只見金蓮

笑掀簾子進來。月娘道。你惹下禍來。往他屋里尋你去了。你不打發他睡。如何又來了。他到屋里打你。金蓮笑道。你問他敢打我不敢。月娘道。他不打你。嫌我見你頭里話出來的忒緊了。常言漢子臉上有狗毛。老婆臉上有鳳毛。他有酒的人。我怕一時激犯他起來。激的惱了。不打你。狗不成。俺每倒替你揑兩把汗。原來你到這等潑皮。金蓮道。他就惱我也不怕他。看不上那三等兒九假的。正景姐姐。分付的曲兒不教唱。且東溝黎。西溝韛。支使的個小王八子。亂烘烘的。不知依那個的是。就是今日孟三姐好的日子。不該唱憶吹簫。這套離别之詞。人也不知死那里去了。偏有那些伴慈悲。假孝順。我和剌不上。大妗子道。你姐兒每亂了這一回。我還不知因為什麼來。姑夫好好的進來坐着怎的又出他去了。月娘道大妗子你還不知道那一個因想起李大姐來。說年時孟三姐生日還有他今年就沒他了。落了幾點眼淚教小優兒唱了一套憶吹簫玉人兒何處也這一個就不憤他唱這詞倒纔搶白了爹幾句搶白的那個急了。趕着踢打這賊就走了。楊姑娘道我的姐姐你隨官人分付教他唱罷了。又搶白他怎的想必每常見姐姐每多全全兒的今日只不見了李家姐姐漢子家的心怎麼不慘切个兒玉樓道好奶奶這半日你還歌唱誰嗔他唱俺這六姐姐平昔曉的曲子里滋味那個誇死了的李大姐比古人那個不如他又尚的怎的兩個交的情厚又怎麼設山盟海誓你為我我為你無比賽的好。這個牢成的又不顧慣只顧拿言語白他和他整厮亂了這半日楊姑娘道我的姐姐原來這等聰明月娘道他什麼曲兒不知道但題起頭兒就知尾兒相我若叫唱老婆和小優兒來俺每只曉的唱出來就罷了偏他又說那一段兒唱的不是了那一句兒唱的差了又那一節兒稍了但是他爹說出來個曲兒就和爹熱亂兩個白搽白的必須搽惱了纔罷俺每使不去管他孟玉樓在傍戲道姑奶奶你不知我三四胎兒只存了這個了頭子這丫頭子這般精靈兒古怪的如今他大了成了人兒就不依我管教了金蓮便向他打了一下笑道你又做我的又來打上輩我的娘起來了玉樓道你看慣的少條兒尖教的又來打上輩楊姑娘道姐姐你今後讓他官人一句兒罷常言一夜夫妻百夜恩相隨百步也有個徘徊之意一個熱突突人

兒指頭兒似的少了一個如何不想不疼不題念的金蓮道想的不想也有個常時兒一般都是你的老婆做什麼擡一個滅一個俺每多是劉湛兒鬼兒不出村的大姐在後邊他也不知道你還沒見哩每日他從那里吃了酒來就先到他房里望着他影深深唱惹口里恰似嚼蛆一般供着個羹飯兒着舉筯兒只像活的一般兒讓他不知什麼張致又嗔俺每不替他戴孝俺每便不說他又不是婆婆胡亂帶過斷斷罷了只顧帶幾時又與俺每亂了幾塲楊姑娘道姐姐們見一半不見一半兒罷楊姑娘道好快斷斷過了這一向又早百日來姑娘問幾時是百日月娘到道早哩到臘月二十六日王于道少不的念個經兒月娘道挨年近節忙忙的且念什麼經他爹只怕過年念罷

了。說着只見小玉拿上一道土荳泡茶來。每人一盞。須臾吃畢。月娘洗手。向爐中炷了香。聽薛姑子講說佛法。先念揭曰。

禪家法教豈非凡　佛祖家傳在世間
落葉風飄着地易　等閒復上故枝難

此四句詩。单說着這爲僧的。戒行最難。言人生就如同鐵樹一般。落得容易。全枝復節甚難。墮業容易。成佛作祖難。卻說當初治平年間。浙江寧海軍。錢塘門南山淨慈古孝刹。有兩個得道的眞僧。一個喚作五戒禪師。如何謂之五戒。第一不殺生命。第二不偷財物。第三不染淫聲美色。第四不飲酒茹葷。第五不妄言綺語。如何謂之明悟。言其明心見性。覺悟我眞。這五戒禪師在家年方三十一歲。身不滿三尺。形容古怪。自伊師明悟。少其一日。俗名金禪。字佛教。如法了得。他與明悟是師兄師弟。一日同來寺中。訪大行禪師。禪師觀五戒佛法曉得。留在寺中做個首座。不數年大行圓覺。衆僧立他做了長老。每日到坐。那第二個明悟。年二十九歲。生得頭圓耳大。面濶口方。身體長大。兎數羅汉。俗姓王。兩個如同一母所生。但遇說法同外法應。忽一日冬盡春初時節。天道嚴寒。作雪下了兩日。雪霽天晴。這五戒禪師早辰坐在禪椅上。耳邊連連只聞得小兒啼哭。便叫一個身邊知心腹的清一道人。你往山門前看有甚事來。報我知道。這道人。開了山門。見松樹下雪地上一塊破蓆。放着一個小孩兒。這是什麼人家丢在此處。向前看是五六個月的女孩兒。破衣包裹。懷内片紙。寫着他生時八字。清一道。救人一命。勝造七級浮屠。連忙到方丈稟知長老。長老道善哉。難得你善心。即抱回房中好生喂養救他性命。這是好事。到了周歲長老起了個名字。喚做紅蓮。日往月來。養在寺中。無人知覺。一向長老也忘也了。不覺紅蓮長成十六歲。清一道人每日出鎖入鎖。如親生女一般。女子衣服鞋襪。如沙彌打扮。且是生得清俊。無事在房做針線。只指望招尋個女婿。養老送終。一日六月熱天。這五戒禪師。忽想數十年前之事。逕來千佛閣後清一道人房中來。清一道。長老希行來此何幹。五戒因問紅蓮女子在于何處。清一不敢隱諱。請長老進房一見。就差了念頭。邪心輒起。分付清一。你今早送他到我房中。不可有悞。你若依我。後日擡舉你。切不可泄漏與人。清一不敢不依。暗思今夜必壞了這女身。長老見他應

得不爽利。喚入方丈。與了他十兩白金。文度諜。清一只得收了
銀子。至晚送紅蓮到方丈。長老遂破了他身。每日藏鎖他在牀
後紙帳房内。把些飯食與他吃。卻說他師弟明悟禪師在禪牀
上入定回來。已知五戒差了念頭。犯了色戒。淫垢了紅蓮女子。
把多年德行。一旦抛棄了。我去勸醒。再不可如此。次日寺門前
荷蓮花開。明悟令行者採一朶白蓮花來。插在胆瓶内。令請五
戒來賞蓮花。吟詩談笑。不一時五戒至。兩個禪師坐下。明悟道。
師兄我今日見此花甚盛。竟請吾兄賞玩。吟詩一首。行者拿茶
吃了。預備文房四寶。五戒道將那荷根爲題。明悟道便將蓮花
爲題。五戒揑起筆來。寫詩四句。

一枝菡萏瓣兒張　相伴蜀葵花正芳

紅留似火開如錦　不如翠盖芰荷香
明悟道。師兄有詩。小弟豈得無詩。于是拈筆寫四句
春來桃杏柳舒張　千花萬蕊鬬芬芳
夏賞芰荷如爍錦　紅蓮爭似白蓮香
寫畢呵呵大笑。五戒聽了此言。心中一悟。面有愧色。轉身辭回方丈。命行者快燒湯洗浴罷。換了一身新衣。取紙筆忙寫八句頌曰。

吾年四十七　萬法本歸一
只爲念頭差　今朝去得急
傳語悟和尚　何勞苦相逼
幻身如閃電　依舊蒼天碧

寫畢放在佛前歸到禪牀上就坐化了行者忙去報與明悟明悟聽得大驚走來佛前看見辭世頌遂說你好卻好了只可惜差了這一着你如今雖得個男身去我不信佛法三寶必然滅佛謗僧後世墮落苦輪不得歸依正道深可痛哉你道你去得我趕你不着當下歸房令行者燒湯洗浴坐在禪牀上吾今趕五戒和尚去也汝可將兩個人神子盛了放三日一時焚化說畢亦圓寂坐化眾僧皆驚有如此異事傳得四方知道本寺連日坐化了兩僧燒香禮拜施者人山人海擡去寺前焚化這清一道人遂收紅蓮改嫁平人養老不日後五戒托生在西川眉州與蘇老泉居士做兒子名喚蘇軾字子瞻號東坡明悟托生與本州姓謝道法爲子爲端卿後出家爲僧取名佛印他兩個還在

一處作對。相交契厚。正是

自到川中數十年　曾在毘盧頂上眠
參透趙州關捩子　好姻緣做惡姻緣
桃紅柳綠還依舊　石邊流水响潺潺
今影指引菩提路　再休錯意戀紅蓮

薛姑子說罷。只見玉樓房中。蘭香拿了兩方盒細巧素菜。菓碟茶食點心。收了香爐。擺在桌上。又是一壺茶。與衆人陪三個師父吃了。然後又拿葷下飯來。打開一罈麻姑酒。衆人圍爐吃酒。月娘便與大妗子。擲色兒搶紅。金蓮便與李嬌兒猜枚。玉簫便傍邊斟酒。又替金蓮打桌底下轉子兒。須臾把李嬌兒贏了數杯玉樓道。等我和你猜。你只顧贏他罷。這玉樓道。金蓮露出手

來。不許他䙡在袖口邊。玉簫不許他近前。當夜一連反贏了金
連幾鍾酒。又教郁大姐彈唱。月娘道。你唱了鬧五更。俺每聽。郁大
姐便調絃高聲唱（玉交枝）道。

彤雲密布剪。鵝雪花辭舞。朔風凜冽穿窓户。你心毒。奴更受
苦。爹娘罵得奴心忒狠毒。你說來的話。全不顧。把更兒從頭
細數。

（金字經）夜迢迢。孤另另。冷清清。更靜初。不寄平安。一紙書。腮
邊流淚珠。不把佳期顧。一更里無限的苦。

（玉交枝）一更纔至冷清。撇奴在帳里番來覆去。如何睡。二更
里淚珠垂。

（又）二更難過。討一覺頻頻的聽着今宵。今宵夢兒里。來托我

思他他思我。去時節海棠花兒開了半朶。到如今樹葉兒皆零落。枉教奴癡心兒等着。

(金字經)我癡心終日家等待。你何日是可合少離多。咱命薄。命薄。孤另孤另。怎生奈何。好着教難存坐。三更里。睡夢兒多。

(玉交枝)三更月上好難挨。今宵夜長燒殘蠟燭。銀臺上淚珠流三兩行。紅綾的被兒閒了半牀。新梅的手帕兒在誰行放。瘦損了腰肢。腰肢流郎。

(金字經)流郎的腰肢瘦。每日家愁斷了腸。盼望情人淚兩行。兩行。對菱花懶去粧。瘦損了嬌模樣。四更里偏夜長。

(玉交枝)四更如晝。枕邊想不覺的淚流。靈神廟里曾發呪。剪青絲兩下里收說來的話兒不應口。到如今悶的我似章臺椰椰教奴痴心等守。
（金字經）我痴心終日家等待。你何日是休。望盼情人空倚樓
倚樓想情人一筆勾。不由把眉雙皺。五更里淚珠流。
（玉交枝）五更雞唱。看看兒天色漸曉。放聲欲待。放聲又恐怕
傍人笑。一全家心內焦。燒香告。禱神前發貿心的自有天知
道。枉教奴痴心等着。
（金字經）我痴心終日家等待。你何日是了。簷外叮噹鐵馬兒
敲兒敲。攪的奴睡不着。一壁廂寒鴉叫凄凄涼涼直到曉。
（王交枝）曉來梳洗傍粧臺。懶上畫眉房。簷上喜鵲兒喳喳的。
小梅香來報喜。報道是有情郎。眞個歸奴。奴向入羅幃里向
前來奴家問你。

【後庭花】我問你個負心賊。你盡知一去了半年來。怎生無個信息。我道你應舉求官去。誰想你戀烟花家貪酒杯。我為你受孤恓。在那里偎紅倚翠。我為你病懨懨減了飲食。瘦伶仃消了玉體。挨清晨怕夕晚。一更里聽天邊孤雁飛。二更里想情人魂夢里。五更里醒來時不見你。

【柳葉兒】呀空閒了鴛鴦錦被。寂寞了燕約燕約。鶯斯海神廟見放着傍州例。不由我心中氣。你盡知負心的。自有個天知道。

【尾聲】流蘇錦帳同歡會。錦被里鴛鴦成對。永遠團圓直到底。當下金蓮與玉樓猜枚。被玉樓羸了一二十鍾酒。坐不住往前邊去了。到前邊叫了半日。角門纔開。只見秋菊揉眼。婦人罵道

賊奴才你瞧來。秋菊道我沒瞧。婦人道見瞧起來你哄我。你倒
自在。就不說往後來接我要兒去。因問你爹瞧了。秋菊道。爹瞧
了這一日了。婦人走到炕房里。摟起裙子來就坐在炕上烤火
婦人要茶吃。秋菊連忙傾了一盞茶來。婦人道賊奴才好乾淨
手兒。你倒茶我吃。我不吃這陳茶。熬的怪泛湯氣。你叫春梅來。
教他另拿小銚兒頓些好甜水茶兒。多着些茶葉。頓的苦艷艷
我吃。秋菊道。他在那邊牀屋里瞧哩。等我叫他進來。婦人道你
休叫他。且教他瞧罷。這秋菊不依。走在那邊屋里見春梅撾在
西門慶脚頭瞧得正好。被他搖推醒了。道娘來了要吃茶。你還
不起來哩。這春梅喊他一口罵道見鬼的奴才。娘來了罷了。平
白謊人刺刺的。一面起來慢條斯禮撒腰拉袴。走來見婦人。只

顧倚着眼兒揉眼婦人反罵秋菊恁奴才你睡的甜甜兒的把你叫醒了因教他你頭上汗巾子跳上去了還不往下扯扯哩又問你耳躲上墜子怎的只帶着一隻往那里去了這春梅摸了摸果然只有一隻金玲瓏墜子便點燈往那邊牀上尋去尋不見良久不想落在牀脚踏板上拾起來婦人問在那里來春梅道都是他失驚打怪叫我起來乞帳鈎子抓下來了纔在踏板上拾起來婦人道我那等說着他還只當叫起你來春梅道他說娘要吃茶來婦人道我要吃口茶兒嫌他那手不乾淨這春梅連忙舀了一小銚子水坐在火上使他撾了些炭在火內須臾就是茶湯滌盞兒乾淨濃濃的點上去遞與婦人婦人問春梅你爹睡下多大回了春梅道我打發睡了這一日了問娘

來。我說娘在後邊。還未來哩。這婦人吃了茶。因問春梅。我頭裡
袖了幾個菓子。和蜜餞是玉簫與你姥姥吃的。交付這奴才接
進來你收了。春梅道我沒見他。赤道放在那里。這婦人一面叫
秋菊問他。菓子在那里。秋菊道。有我放在揀粧內哩。走去取來。
婦人數了一數。只是少了一個柑子。問他那里去了。秋菊道。娘
遞與拿進來。就放在揀粧內。那個害饞癆爛了口吃他。不成婦
人道賊奴才。還漲灘嘴。你不偷徃那去了。我親手數了交與你
的。賊奴才。你看省手拈搭的。零零落落。只剩下這些兒乾淨吃
了一半。原來只孝順了你。教春梅你與我把那奴才。一邊臉上
打與他十個嘴入把。春梅道那膭臉彈子。倒沒的齷齪了我這手。
婦人道你與我拉他雙手推顙到婦人跟前。婦人用手撏着他

腮頰。罵道賊奴才。這個柑子。是你偷吃了不是。你即實實說了。我就不打你。不然取馬鞭子來。我這一旋剝。就打了不數。我難道醉了。你偷吃了。一徑裡潑混。我。因問春梅。我醉不醉。那春梅道娘清省白淨。那討酒來。娘信他不是他吃了。娘不信掏他袖子。怕不的還有柑子。皮兒在袖子裡不止的。婦人于是扯過他袖子來。用手掏他袖子。用手撇着。不教掏。春梅一面拉起手來。果然掏出些柑子皮兒來。被婦人儘力臉上擰了兩把。打了兩個手八便罵道賊奴才。瘡不長俊。奴才你諸般兒不一。相這說舌偷嘴吃偏會。剛纔掏出皮來吃了。真賍實犯。拿住你還賴那個。我如今要打你。你爹睡在這里。我茶前酒後我且不打你。到明日清淨白省。和你筭帳。春梅道。娘到明日休要與他行行怨忽的好生旋剝了教一個人把他實辣辣打與他幾十板子教他忍疼他也懼怕些甚麼鬬猴兒似湯那幾棍兒他纔不放心上那秋菊被婦人擰的臉脹腫的谷都着嘴徃厨下去了婦人把那一個柑子平白兩半又拿了個蘋婆石榴遞與春梅說道這個與你吃把那個留與姥姥吃這春梅也不瞧接過來似有如無掠在抽屜內婦人把蜜蒸也要分開春梅道娘不要分我懶待吃這甜行貨子留與姥姥吃罷以此婦人不分都留下了不題婦人走到桶子上小解了教春梅掇進坐桶來澡了牝又問春梅這咱天有多少時分春梅道月兒大倒西也有三更天氣婦人摘了頭面走來那邊牀房里見卓上銀燈已殘從新剔了剔向牀上看西門慶正打鼾睡于是解鬆羅帶卸褪湘裙坐

換睡鞋。脫了裩褲。上床鑽在被窩裡。與西門慶並枕而臥。睡下不多時。向他腰間摸他那話。弄了一回。白不起。原來西門慶與春梅纔行房不久。那話綿軟。急切捏弄不起來。這婦人酒在腹中。慾情如火。蹲身在被底。把那話用口吮咂。挑弄蛙口。吞裹龜頭。只顧往來不絕。西門慶猛然醒了。見他在被窩裡。便道怪小淫婦兒。如何這咱纔來。婦人道。俺每在後邊吃酒。孟三兒又安排了兩大方盒酒菜兒。郁大姐唱着。俺每陪大妗子。楊姑娘猜枚擲骰兒。又頑了這一日。被我把李嬌兒先贏醉了。落後孟三兒和我兩個五子三猜。俺兩個到輸了好幾鍾酒。你到是便益睡。起一覺兒來。好熬我。你看我依你不依。西門慶道。你整治那帶子了。婦人道。在褥子底下不是。一面探手取出來。與西門慶看了扎在塵柄根下繫在腰間拴的緊緊的又問你吃了不曾西門慶道我吃了須臾那話乞婦人一壁廂弄起來只見奢稜跳腦挺身直舒比尋常更舒七寸有余婦人扒在身上龜頭昂大兩手搬着牝户往裡放須臾突入牝中婦人兩手摟定西門慶脖項令西門慶亦扳抱其腰在上只顧揉搓那話漸沒至根婦人叫西門慶達達你取我的袪腰子墊在你腰底下這西門慶便向牀頭取過他大紅綾抹胸兒四摺疊起墊着腰這婦人在他身上馬伏着那消幾揉那話盡入婦人道達達你把手摸摸多全放進去了撑的裡頭滿滿兒的你自在不自在多採進去西門慶用手摸摸見盡沒至根間不容髮止剩二卵在外心中覺翕翕然暢美不可言婦人道好急的慌只是觸冷咱不得

拿燈兒照着幹。趕不上夏天好。這冬月間。只是冷的慌。因問西門慶說道這帶子比那銀托子識好不好。強如格的陰門生疼的。這個顯的該多大又長出許多來。你不信摸摸我小肚子七八頂到奴心。又道你摟着我等我今日一發在你身上睡一覺。西門慶道。我的兒你睡達達摟着那婦人把舌頭放在他口裡含着。一面朦朧星眼。欵抱香肩。睡不多時。怎禁那慾火燒身芳心撩亂。于是兩手按着他肩膊。一舉一坐抽徹至首。復送至根。呌親心肝罷了。六兒的心了。徃來抽捲又三百回。比及精洩婦人口中只呌我的親達達。把腰扱緊了。一面把奶頭教西門慶咂。不覺一陣昏迷。滛水溢下。停不多回。婦人兩個抱摟在一處。婦人心頭。小鹿實實的跳。登時四肢困軟。香雲撩亂。于是洩出來。猶剛勁如故。婦人用帕搽之。便道我的達達。你不過卻怎麼的。西門慶等聽起一覺來再要罷。婦人道。我也挨不的身子。已軟癱熱化的。當下雲收雨散。兩個並肩交股。梳籍于牀上。原不覺東方之既白。正是等門試把銀缸照。一對天生連理人。畢竟未知後來何如。且听下回分解。

第七十四回　潘金蓮香腮偎玉

聯經出版事業公司 景印版

薛姑子佛口談經

第七十四回

宋御史索求八仙鼎　吳月娘聽宣王氏卷

昔年南去得娛賓　願遜增前共好春
螘泛羽觴蠻酒膩　鳳啣瑤句蜀箋新
花憐遊騎紅隨後　草戀征車碧繞輪
別後清清鄭南路　不知風月屬何人

話說西門。慶摟抱潘金蓮。一覺睡到次日天明婦人見他那話。還直豎一條棍相似。便道達。你將就饒了我罷。我來不得了。待我替你咂咂罷西門慶道怪小淫婦兒你不若咂咂的過了。是你造化。這婦人眞個蹲向他腰間。按着他一隻腿。用口替他吮弄那話的。吮勾一個時分。精還不過。這西門慶用手按着粉項往來只顧沒稜露腦。搖撼那話在口裡吞吐不絕。抽拽的婦人口邊白沫橫流殘脂在莖精欲洩之際。婦人一面問西門慶二十八日應二爹送了請帖來。請俺每去不去。西門慶道怎的不去。都收拾了去。婦人道。我有庄事兒央你。依不依。西門慶道。怪小淫婦兒。你有甚事說不是。婦人道。把李大姐那皮襖。拿出來與我穿了罷。明日吃了酒回來。他們都穿着皮襖。只奴沒件兒穿。西門慶道。有年時王招宣府中。當的皮襖你穿就是了。婦人道。當的我不穿他。你與了李嬌兒去。把李嬌兒那皮襖。卻與雪娥穿。我穿李大姐這皮襖。你今日拿出來與了我。我揆上兩個大紅遍地金。鶴袖襯着白綾襖兒穿。也是我與你做老婆一場。沒曾與了別人。西門慶道。賊小淫婦兒。單管愛小便宜兒。他那什皮襖值六十兩銀子哩油般大黑蜂毛兒你穿在身上是會搖擺婦人道怪奴才你是與了張三李四的老婆穿了左右是你的老婆替你裝門面的沒的有這些聲兒氣兒的好不好我就不依了西門慶道你又求人又做硬兒婦人道怪碜貨我是你房里丫頭在你跟前服軟一面說着把那話放在粉臉上只顧偎提良久又吞在口裡挑弄蛙口一回又用舌尖底其琴絃攪其龜稜然後將朱唇裹着只顧動動的西門慶靈犀灌頂滿腔春意透腦良久精來連聲呼小滛婦兒好生裹緊着我待過也言未絶其精邈了婦人一口一面口口接着多咽了正是自有内事迎郎意慇勤愛把紫簫吹當日卻是安郎中擺酒西門慶起來梳頭淨面出門婦人還睡在被裡便說道你趁閒尋尋

兒出來罷。等一回你又不得閒了。這西門慶。于是走到李瓶兒房中。奶子丫頭。又早起來收拾乾淨。安頓下茶水伺候。見西門慶進來坐下。問養娘。如意兒這咱供養多時了。西門慶見如意兒穿着玉色對衿襖兒。白布裙子。葱白段子紗綠高底鞋兒薄施朱粉。長畫蛾眉。油胭脂搽的嘴唇鮮紅的。耳邊帶着兩個金丁香兒。手上帶着李瓶兒。與他四個烏金戒指兒。笑嘻嘻遞了茶。在旁邊說話兒。西門慶一面使迎春往後邊。討琳房裡鑰匙去。那如意兒。便問爹討來做什麽。西門慶道。我要尋皮襖與你五娘穿。如意道。是娘的那貂鼠皮襖。西門慶道。就是他要穿。穿拿與他罷。迎春去了。把老婆就摟在懷裡。兩手就舒在胸前摸他奶頭。說道。我兒。你雖然生養了孩子。奶頭兒到還恁緊。就兩個臉對臉兒親嘴且咂舌頭做一處。如意兒道。我見爹常在五娘身邊。沒見爹往別的房里去。他老人家別的罷了。只是心多容不的人。前日爹不在。爲了棒槌。好不和我大嚷了一場。多虧韓嫂兒和三娘來勸開了。落後爹來家。也沒敢和爹說。不知付麽多嘴的人對爹說。又說爹要了我。他也告爹來不曾。西門慶道。他也告我來。你到明日。替他陪個禮兒便了。他是恁行貨子。受不的人個甜棗兒就喜歡的嘴頭子雖利害。到也沒什麽心。前日我和嚷了。第二日爹到家。就和我說好話。說爹在他身邊偏的多。就是別的娘多讓我幾分。你凡事只有個不瞞我。我放着河水不洗船。好做惡人。西門慶道。既是如此。大家取和些。又許下老婆。你每晚夕。等我來這房裡睡。如意道。爹眞個來。休哄子孝生日。都挑戲箱到了。李銘等四名小優兒又早來伺候。都磕頭見了。西門慶分付打發飯與衆人吃。分付李銘三個。在前邊唱。左順後邊答應堂客。那日韓道國娘子王六兒沒來。打發申二姐買了兩盒禮物坐轎子。他家進財兒跟着也來與玉樓做生日。王經送到後邊。打發轎子出去了。那日門前韓大姨孟大妗子都到了。又是傳夥計甘夥計娘子崔本媳婦兒段大姐并賁四娘子。西門慶正在廳上看見夾道內玳安領着那個五短身子。穿綠段袄兒紅裙子。勒着藍金綃箍兒。不搽胭粉。兩個密縫眼兒。一似鄭愛香模樣。便問是誰。玳安道是賁四嫂。西門慶就沒言語。往後見了月娘。月娘擺茶。西門慶進來吃粥。遞與月娘鑰匙。月娘道你開門做什麼。西門慶道六兒他說明日往應二哥家吃酒沒皮襖要李大姐那皮襖穿被月娘瞅了一眼說道你自家把不住自家嘴頭了他死了嗔人分散房裡丫頭相你這等就沒的話兒說了他見放皮襖不穿巴巴兒只要這皮襖穿早時他死了你只望這皮襖他不死你只要好看一眼兒罷了幾句話得西門慶閉口無言忽報李學官來還銀子西門慶出去陪坐在廳上說話只見玳安拿進帖兒說王招宣府送禮來了西門慶問是什麼禮玳安道是賀禮一疋尺頭一罈南酒四樣下飯西門慶看帖兒上寫着眷晚生王寀頓首拜西門慶即便叫王經拿眷生回帖兒謝了賞了來人五錢銀子打發出了門只見李桂姐門首下轎保兒挑四方盒禮物慌的玳安替他抱氊包說道桂姨打夾道內進去罷廳上有劉學官坐

着裡。那桂姐即向夾道內進裡邊去。來安兒把盒子挑進月娘房裡去。月娘道。爹看見來不曾。玳安道。爹陪着客。還不見哩。月娘便說道。連盒放在明間內。一回客去了。西門慶進來吃飯。月娘道。李桂姐送禮在這裡。西門慶道。我不知道。月娘令小玉揭開盒兒。見一盒果餡壽糕。一盒玫瑰八仙糕。兩隻燒鴨。一副豕蹄。只見桂姐從房內出來。滿頭珠翠。勒着白挑線汗巾。大紅對衿襖兒。藍段裙子。望着西門慶磕了四個頭。西門慶道。罷了。又買這禮來做什麼。月娘道。剛纔月姐對我說。怕你惱他。不干他事。說起來。都是他媽的不是。那日桂姐害頭疼。來只見這王三官領着一行人。往秦玉枝兒家請秦玉枝兒。打門首過。進來吃茶。就被人進來驚散了。桂姐也沒出來見他。西門慶道。那一遭是沒出來見他。這一遭又是沒出來見他。自家也說不過。論起來我也難管。你這麗春院。拿燒餅砌着門不成。到處幾錢兒。都是一樣。我也不惱。那桂姐跪在地下。只顧不起來。說道爹惱的是。我若和他沾沾身子。就爛化了。一個毛孔兒裡生個天疱瘡。都是俺媽。空老了一片皮幹的營生。沒個主意。好的也招惹。歹的也招惹來家。平白教爹惹惱。月娘道。你既來了。說開就是了。又惱怎的。西門慶道。你起來我不惱你便了。那桂姐故作嬌張致。說道爹笑一笑兒。我纔起來。你不笑我就跪一年。也不起來。不妨。潘金蓮在傍插口道。桂姐你起來。只顧跪着他。求告他黃米頭兒教他張致。如今在這裡你便跪着他。明日到你家他卻跪着你。你那時別要理他。把西門慶月娘多笑了。桂姐纔起了

來。只見玳安慌慌張張來報。宋老爹和安老爹來了。這西門慶
便教拿衣服穿了。出去迎接去了。桂姐向月娘說道。爹樂樂從
今後我也不要爹了。只與娘做女兒罷。月娘道。你虛頭愿心。說
過道過罷了。前日兩遭往裡頭去。沒在那里。桂姐道。天麼天麼。
可是殺人。爹沒往我家里。若是到我家見爹一面。沾沾身子兒
就促死了我。渾身生天泡瘡。娘你錯打聽了。敢不是我那裡。多
往鄭月兒家走走。兩遭請了他家小粉頭子了。我道偏是非。就
是他氣不憤架的。不然爹如何惱我。金蓮道。各人衣飯。他平白
怎麼架你是非。桂姐道。五娘你不知俺每這里邊人。一個氣不
憤一個好不生。月娘接過來道。你每裡邊與外邊怎的。打偏別
也是一般。一個不憤一個。那一個有些時道兒。就要躧下去。月

娘擺茶與他吃。不在話下。御說西門慶迎接宋御史安郎中到廳上敘禮。每人一疋段子。一部書奉賀西門慶見了。卓席齊整。甚是稱謝不盡。一面分賓主坐下。呌上戲子來參見。分付等蔡老爹到。用心扮演。不一時吃了茶。宋御史道學生有一事奉瀆四泉。今有巡撫侯石泉老先生。新陞太常卿。學生同兩司作東。二十九日借尊府置杯酒奉餞。初二日就起行上京去了。未審四泉允諾否。西門慶道。老先生分付。敢不從命。但未知多少卓席。宋御史道學生有分資在此。即喚吏上來氈包內。取出布按兩司連他共十二封分資來。每人一兩。共十二兩銀子。要一張大插卓。餘者六卓都是散卓。呌一起戲子。西門慶答應收了。宋御史又下席作揖致謝。少頃請去捲棚聚景堂那里坐的。不一時鈔關錢主事也到了三員官會在一處換了茶擺棋子下棋宋御史見西門慶堂廡寬廣院中幽深書畫文物極一時之盛又見挂着一幅陽捧日橫批古畫正面螺鈿屏風屏風前安着一座八仙捧壽的流金鼎約數尺高甚是做得奇巧見炉内焚着沉檀香烟從龜鶴鹿口中吐出只顧近前觀看誇奬不已問西慶這付爐鼎造得好因向二官說我學生寫書與淮安劉年兄那里替我稍帶這一付來送蔡老先還不見到四泉不知是那里得來的西門慶道也是淮上一個人送學生的說畢下棋西門慶分付下邊看了兩個卓盒細巧菓蔬菓餡點心上來一面叫生旦在上唱南曲宋御史道客尚未到主人先吃得面紅說不通安郎中道天寒飲一杯無碍原來宋御史已差公人船

上邀蔡知府去了。近午時分。來人回報邀請了。在磚廠黃老爹那里下棋、便來也。來御史令起去伺候。一面下棋飲酒。安郎中喚戲子。你每唱個宜春令奉酒。于是貼旦唱道。

第一來爲壓驚。第二來因謝誠。殺羊茶飯。來時早已安排定。斷行人。不會親僯。請先生。和俺鶯娘匹娉。我只見他歡天喜地。道謹依來命。

五供養　來回顧影。文魔秀士欠酸丁。下工夫將頭顱來整。遲和疾擦倒蒼蠅。光油油耀花人眼睛。酸溜溜螫得牙根冷。天生這個後生天生這個俊英

玉降鶯　今宵歡慶。我鶯娘何曾慣經。你須索要款款輕輕。燈兒下共交鴛頸。端祥可憎。誰無志誠。恁兩人今夜親折証。謝

芳卿感紅娘錯愛成就了這姻親

解三醒　玳筵開香焚寶鼎繡簾外風掃閒庭落紅滿地臙脂冷碧玉欄杆花弄影准備鴛鴦夜月銷金帳孔雀春風軟玉屏合歡令更有那鳳簫象板錦瑟鸞笙　生唱　可憐我書劍飄零無厚聘感不盡姻親事有成新婚燕爾安排定除非是折桂手報答前程我如今博得個跨鳳乘鸞客到晚來臥看牽牛織女星非僥倖受用的珠圍翠繞結果了黃卷青燈

尾聲　老夫人專意等　生唱　常言道恭敬不如從命　紅唱　休使紅娘再來請

唱畢忽吏進報蔡老爹和黃老爹來了宋御史忙令收了桌席各整衣冠出來迎接蔡九知府穿素服金帶跟着許多吏先令

人拨一件生蔡修拜帖與西門慶進廳上安郎中道此是主人
西門大人見在處處作千兵也是京中老先生門下那蔡知府
又作揖稱道久仰久仰西門慶亦道容嘗奉拜叙禮畢各寬衣
服坐下左右上了茶各人扳話良久就上坐西門慶令小優兒
在傍彈唱蔡九知府居上主位四坐廚役割道湯飯戲子呈遞
手本蔡九知府揀了雙忠記演了兩摺酒過數巡宋御史令生
旦上來遞酒小優兒席前唱這套新水令玉驄轎馬出皇都蔡
知府笑道拙原直得多少可謂御史青驄馬三公乃劉郎舊縣
鄰安郎中道今日更不道江州司馬青衫濕言罷衆人都笑了
西門慶又令春鴻唱了一套金門獻罷平胡表把宋御史喜歡
的要不的因向西門慶道此子可愛西門慶道此是小价原是

揚州人。宋御史携着他手兒。教他遞酒賞了他三錢銀子。磕頭
謝了。正是

窓外日光彈指過　　席前花影坐間移
一杯未盡笙歌送　　堦下申牌又報時

不覺日色沉西。蔡九知府見天色晚了。卽令左右穿衣告辭。衆位欵留不住。俱送出大門而去。隨卽差了兩名吏典把卓席羊酒尺頭。擡送到新河口。下處去訖。不題。宋御史于是亦作辭西門慶。因說道。今日且不謝。後日還要取擾。各上轎而去。西門慶進了回來。打發了戲子。分付後日原是你們來。再唱一日。叫幾個會唱的來。宋老爹請巡撫侯爺哩。戲子道。小的知道了。西門慶令攢上酒卓。使玳安去請溫相公來坐坐。再教來安兒去。請

應二爹去。不一時次第而至。各行禮坐下。三個小優兒在傍彈唱。把酒來斟。說鄭金左順在後邊堂客席前。西門慶又問伯爵你娘們明日都去。你叫唱的是雜耍的。伯爵道。哥到說得好。小人家那里擡放。將就叫了兩個唱女兒唱罷了。明日早些請衆娘嫂子下降。這里前廳吃酒。唱了一日。孟大姨與孟二妗子。先起身去了。落後楊姑娘也要去。月娘道。姑奶奶你再住一日兒家去不是。薛姑子使他徒弟取了卷來。咱晚夕教他宣卷。咱們聽。楊姑娘道。老身實和姐姐說。要不是我也住。明日俺們外甥二個侄兒定親事。使孩子來請我。我要瞧瞧去。于是作辭而去。只有傳夥計。甘夥計娘子。與賁四娘子。段大姐。月娘還留在上房陪大妗子。潘姥姥。李大姐。申二姐。郁大姐在傍。一遞一套彈

唱。兩個小優兒都打發在前邊來了。又吃至掌燈已後。三位夥
計娘子。都作辭去了。止段大姐沒去。在後邊雪娥房中歇了。潘
姥姥往金蓮房內去了。只有大妗子李桂姐申二姐。和三個姑
子。郁大姐。和李嬌兒孟玉樓潘金蓮。在月娘房內坐的。忽聽前
邊西門慶散了。小厮收進家活來。這金蓮慌忙抽身。就往前走
了。到前邊黑影兒裡悄悄立在角門首。只見西門慶扶着來安
兒。打着燈趔趄着脚兒就往李瓶兒那邊走。看見金蓮在門首
立着。拉了手進入房來。那來安兒便往上房教鍾筋。月娘只說
西門慶進來。把申二姐李大姐郁大姐都打發往李嬌兒房內
去了。問來安道。你爹來沒有。在前邊做什麽。來安道。爹在五娘
房里去了的不耐煩了。月娘聽了。心內就有些二惱。因向玉樓道。

你向恁沒來頭的行貨子。我說他今日進來往你房裡去。如何
三不知。又摸到他那屋裡去了。這兩日又浪風發起來。只在他
前邊纏。玉樓道。姐姐隨他纏去。恰似咱每把這件事放在頭里。
爭他的一般。于是大師父。說笑話兒的來頭。左右這六房裡。由
他串到。他爹心中所欲。你我管的他。月娘道。乾淨他有了話。剛
纔聽見前頭散了。就慌的奔命的往前走了。因問小玉。灶上沒
人了。與我把儀門拴上了。罷。後邊請三位師父來。咱每且聽他
宣一回卷着。又把李大姐。申二姐。段大姐。郁大姐。都請了來。月
娘問大妗子道。我頭裡旋叫他使小沙彌請了。黃氏女卷來宣。
今日可可兒。楊姑娘已去了。分付玉簫頓下好茶。玉樓對李嬌
兒說。咱兩家子輪替管茶。休要只顧累了大姐姐。這屋裡。于是

各姓房裡分付預備茶去。不一時放下炕桌兒。三個姑子來到盤膝坐在炕上。衆人俱各坐了。擠了一屋裡人。聽他宣卷。月娘洗手炷了香。這薛姑子。展開黃氏女卷。高聲演說道。

蓋聞法初不滅。故歸空。道本無生。每因生而不用。由法身以垂入相。由入相以顯法身。朗朗慧燈。通開世戶。明明佛鏡。照破昏衢。百年景賴剎那間。四大幻身如泡影。每日塵勞碌碌。終朝業試忙忙。豈知一性圓明。徒逞六根貪慾。功名蓋世。無非大夢一場。富貴驚人。難免無常二字。風火散時無老少。溪山磨盡幾英雄。我好十方傳句偈。八部會玆場。救大宅之烝熬。發空門之扃鑰。偈曰　富貴貧窮各有由。只緣分定不須求。未曾下的春時種。空手荒田望有秋。衆菩薩。每聽我貧僧演說佛法道。四句偈子。乃是老祖留下。如何說。富貴貧窮各有由。相如今你道衆菩薩。嫁得官人。高官厚祿。在這深宅大院。呼奴使婢。插金帶銀。在綾錦窩中。長大綺羅堆裡。生成思衣而綾錦千箱。思食而珍羞百味。享榮華。受富貴。盡皆是你前世。因由根基上有你的。一般大緣分。不待求而自得。就是貧僧在此宣經。念佛。也是吃着這美口茶飯。受着發心布施。老大緣分。非同小可。都是龍華一會上的人。皆是前生修下的功果。你不修下時。就如春天不種下塲。到了秋成時候。一片荒田。那成熟結子。從那里來。正是淨掃靈臺好下工。得意歡喜不放鬆。五濁六根爭洗淨。叅透玄門見家風。又百歲光陰瞬息回。此身必定化飛灰。誰人肯向生前悟。悟卻無生歸去來。又人命無常呼吸間。眼觀紅日墜西山。寶山歷盡空回首。一失人身萬刼難。想這富貴榮華。如湯潑雪。仔細算來。一件無多做了虛花驚夢。我今得個人身。心中煩惱悲切。死後四大化作塵土。又不知這點靈魂往何處受苦去也。惧怕生死輪廻。往前再參一步。唱〔一封書〕生和死兩下。相冀浮生終日忙。男和女滿堂。到無常秖自當。人如春夢終須短。命若風燈不久常。自思量可悲傷。題起教人欲斷腸。開卷日應身長救苦。并本無去亦無來。彌陀教主大願弘深。四十八願度衆生。使人人悟本性。彌陀今惟心淨主渡苦海苦海洪波。證菩提之妙果。持念者罪滅河沙。稱揚者。福增無量。書寫讀誦者。當生華藏之天。見聞受持。臨命纔時定往西方淨土。凡念佛者。

斷有功無量慈愍故大慈愍故皈命一切佛法僧信禮
常住三寶法輪常輪度衆生　偈曰　無上甚深微妙法百千萬
劫難遭遇我今見聞得受持願解如來眞實意黃氏寶卷纔
展開諸佛菩薩降臨來爐香遍滿虛空界佛號聲名動九垓
昔日漢王治世雨順風調國泰民安感得一位善心娘子出
世家住曹州南華縣黃員外所生一女端嚴美色年方七歲
吃齋把素念金剛經報答父母深恩每日不缺感得觀世音
菩薩半空中化魂父母見他終日念經苦切不從一日尋媒
吉日良時把他嫁與一屠姓趙名方屠宰爲生爲夫婦一十
二載生下一男二女一日黃氏告其夫曰我與你爲夫妻一
十二載生下嬌兒嬌女但貪戀恩愛永墮沉淪妾有小詞勸

喻丈夫聽取詞曰。宿緣夫婦得成雙。雖有男和女。誰會抵無常。伏望我夫主定。念與雙同。共修行終年富貴也。須草草貪名與利隨。分度時光這趙郎。見詞不能依隨。一日作別起身。往山東買猪去。黃氏女見丈夫去了。每日淨房寢歇沐浴身體。燒香禮誦金剛經

今方當下山東去　四個兒女在中堂　黃氏女在西房
香湯沐浴換衣裳　卸簪珥淺淡梳粧　每日家向西方
燒香禮拜　面念顏并寶卷　持念金剛
看經文猶未了　香烟冲散　念佛音聲朗朗
貫徹穹蒼　地獄門天堂界　豪光發現
閻羅王一見了　喜悅龍顏　莫不是陽世間

生下佛祖　急宣召二鬼判　審問端詳
有鬼判告吾王　聆音察理　曹州府南華縣
有一善良　看經文黃氏女　持齋把素
行善心功行大　驚動天堂　唱金剛經
閻羅王聞言心内忙。急點無常鬼一雙。一雙急奔趙家庄。黃氏正看經卷。忽見仙童在面前。念
善人便是童子請　惡人須遣夜叉郎　黃氏看經忙來問
誰家童子到奴行　仙童答告娘子道　善心娘子你莫慌
不是凡間親眷屬　我是陰間童子郎　今因爲你看經卷
閻王請你善心娘　黃氏見説心煩惱　小心一一告無常
同姓同名勾一個　如何勾我見閻王　千死萬死甘心死

怎捨嬌娃女一雙　大姐嬌姑方九歲　伴嬌六歲怎抛娘
長壽嬌兒年三歲　常抱懷中心怎忘　苦放奴家魂一命
多將功德與你行　仙童答告娘子道　何人似你念經剛
善惡二童子被黃氏女哀告再三不肯赴幽留戀一二個孩兒難抛難捨仙童催促說道善心娘子陰間取你三更死定不容情到四更不比你陽間好轉限陰司取你若違了限我得罪更不輕說短長黃氏此時心意想便喚女使去燒湯香湯沐浴方纔了將身便乃入佛堂盤膝坐定不言語一靈真性見閻王唱

楚江秋　人生夢一塲光陰不久常臨危個個是風燈樣看看回步見閻王急辦行粧鄉臺上把家鄉望見啼女哭好悽惶

排鈸打鼓作道塲披麻帶孝安塋楚 白

不說今方悽惶事　且言黃氏赴陰靈　看看來到柰何垪

一道金橋接路行　借問此橋作何用　单等看經念佛人

柰何兩邊血浪水　河中多少罪淹魂　悲聲哭泣紛紛鬧

四面毒蛇咬露筋　前到破錢山一座　黃氏向前問原因

是你陽間人化紙　殘燒未了便拋焚　因此掩欄多破碎

積聚號作破錢山　又打枉死城下過　多少孤魂未托生

黃氏見說心慈愍　舉口便誦金剛經　河裡罪人多開眼

尸山爐劓樹騫林　鑊湯火池蓮花現　無間地獄瑞雲籠

當下仙童忙不住　急忙便去奏閻君 唱

山坡羊　黃氏到了那森羅寶殿。有童子先奏說請了看經人來見閻羅王便傳召請。黃氏拜在金堦下。不由的跪在面前。有閻君問你。從幾年把金剛經念起。何年月日感得觀世音出現。這黃女叉手訴說前情來訶。自從七歲吃齋。供養聖賢望上聖聽言。從嫁了兒夫。看經心不減。自

閻君當下忙傳旨　善心娘子你聽因　你念金剛多少字
几多點化接陰陰　甚字起頭甚字落　是何兩字在中間
你若念經無差錯　放你還魂回世間　黃氏當時堦下立
願王聽奴念金剛　字有五千四十九　八萬四千點畫行
如字起頭行字住　荷擔兩字在中央　黃氏說經尤未了
閻王殿前放毫光　舉手龍顏眞喜悅　放你還魂看世間
黃氏聞知忙便告　願王俯就聽奴言　第一不往屠家去

第二不要染衣行　只願作個善門子　看經念佛過時光
閻王取筆忙判斷　曹州張家轉爲男　他家積有家財廣
鈌少墳前拜孝郎　員外夫妻俱修善　姓名四海廣傳揚
吃罷迷魂湯一盞　張家娘子腹懷躭　十月滿足生一子
左肋紅字有兩行　此是看經黃氏女　曾嫁觀水趙令方
此是看經多因果　得爲男子壽延長　張家員外親看見
愛如珎寶喜開顏　唱

皂羅袍　黃氏在張家托化轉男身。相湊無差。員外見了喜添花。三年就養成人。大年方七歲聰明秀發。攻書習字。取名俊達。十八歲科舉登黃甲

却說張俊達。十八歲登科應舉。陞授曹州南華縣知縣。忽然

思憶。是他本鄉。到縣中赴任之後。先去王糧國稅。然後理論公廳。差兩個公差。即去請趙郎令方。我和他說話。兩個公差不敢怠慢即到趙家來請令方。白

趙令方在家中　看經念佛兩公人　忙唱喏聽說來因
即時間　忙打扮　來到縣裡
公廳上忙施禮　且說家門　張知縣起躬身
便令坐　敘寒溫分賓主　捧出茶湯
你是我親夫主　令方姓趙　我是你前妻子
黃氏之身　你不信到靜臺　脫衣親見
左肋下硃砂記　字寫原因　我大女嬌姑兒
嫁人去了　第二女伴姐姐　嫁了曹真

長壽兒我掛牽　守我墳塋　咱兩個同騎馬

前到先塋

知縣同令方兒女五人。到黃氏墳前。開棺見屍容顏不動。回來做道場七月。令方看金剛經。瑞雪紛紛。男女五人。總駕祥雲昇天去了。臨江仙一首為証。

黃氏看經成正果。同日登極樂。五口盡昇天。道善人傳觀音菩薩未度我。

寶卷已終。佛聖已知。法界有情。同生勝會。南無一乘字無量。又眞空諸佛海會。悉遥普使河沙同淨土。伏願經聲佛號上徹天堂。下透地府。念佛者出離苦海。作惡者永墮沉淪。得悟者。諸佛引路。放光明照徹十方。東西下。廻光返照。南北處親

到家鄉。登無生漂舟到岸。小孩兒得見親娘。入母胎三寶不

怕。八十部永返安康。偈曰

衆等所造諸惡業　自始無始至如今

靈山失散迷真性　一點靈光串四生

一報天地盖載恩　二報日月照臨恩

三報皇王水土恩　四報爹娘養育恩

五報祖師親傳法　六報十類孤魂早超身

摩訶般若波羅密

薛姑子宣畢卷。已有二更天氣。先是李嬌兒房內。元宵兒拿了

一道茶了。衆人吃了。後孟樓玉房中蘭香。拿了幾樣精製果菜。

一坐壺酒來。又頓了一大壺好茶。與大妗子段大姐。桂姐衆人

吃。月娘又教玉簫拿出四盒兒細茶食餅糖之類。與三位師父
點茶。李桂姐道。三位師父宣了這一回卷。也該我唱個曲兒孝
順。月娘道。桂姐又起動你唱。郁大姐道。等我先唱道。月娘道。也
罷。郁大姐先唱。申二姐道。等姐姐唱了。等我也唱個兒與娘們
聽。問月娘要聽什麼。月娘道。你唱更深夜深靜悄。當下桂姐送
衆人酒。取過琵琶來。輕舒玉笋。款跨鮫綃。啟朱唇露皓齒。唱道
更深靜悄。把被兒熏了。看看等到月上花稍。全靜悄悄。全無
消耗。敲殘了更鼓。你便纔來到。見我這臉兒不瞧。來跪在奴
身邊告。我做意兒瞧。他偷眼兒瞧。甫能咬定牙。其實恐不住
笑。又 勸兒推磨。好似飛蛾援火。他將我做啞謎兒包籠。我手
裡登時猜破。近新來把不住船兒舵。特故里撇弄心腸軟。一

似酥蜜果。者麼是誰。休道是我。便做鐵打人。其實難不過。又
踈狂或薄情無奈。兩三夜不見你回來。問着他便撒頑不保。
不由人轉尋思權寧耐。他笑吟吟將被兒錦開半掩過香羅。
待。我推綉鞋不去保。你若是惱的人。慌只教氣得我害。又花
街柳市。你戀着蜂蝶採。使我這里玉潔氷淸。你那里瓜甜蜜
柿。恰回來無酒半裝醉。只顧里打艸驚蛇。到尋我些風流罪。
我欲待撾了你面皮。又恐傷了就里。待要隨順了他。其實受
不的你氣。
桂姐唱畢。郁大姐就纔要接琵琶。被申二姐要過去了。挂在阬
膊上。先說道。我唱個十二月兒掛眞兒與大妗子和娘每聽罷。
于是唱道。

正月十五鬧元宵。滿把焚香天地也燒。一套
唱畢月娘笑道慢慢兒的說。左右夜長儘着你說。那時大妗子害夜深困的慌。也沒等的郁大姐唱。吃了茶多散歸各房內睡去了。桂姐便歸李嬌兒房內。段大姐便往孟玉樓房中。三位師父便往孫雪娥後邊房裡睡。郁大姐申二姐與玉簫小玉在那邊炕屋裡睡。月娘同大妗子在上房內睡。俱不在話下。正是參橫斗轉三更後。一鈎斜月到紗窗。畢竟未知後來如何。且聽下回分解。

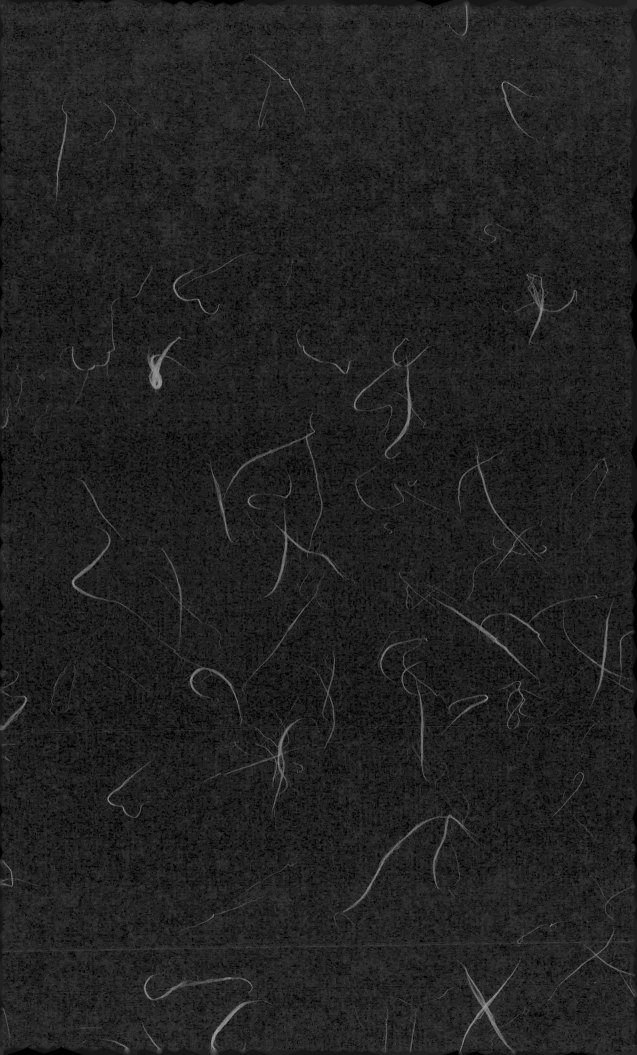